수성궁
담장이
저리
놀으운들

# 수성궁 담장이 저리 높은들

초판 1쇄 펴낸날 · 2012년 8월 30일
초판 9쇄 펴낸날 · 2021년 5월 18일

풀어쓴이 · 임정아 | 그린이 · 김은정
기획 · <국어시간에 고전읽기> 기획위원회, 간텍스트
펴낸이 · 김종필

디자인 · 간텍스트 | 아트디렉터 · 조주연, 남정 | 디자이너 · 김유나, 천병민 | BI디자인 · 김형건

인쇄 · 현문인쇄(영업 최광수) | 종이 · (주)한솔PNS(강승우) | 출고,반품 · (주)문화유통북스(박병례 윤영매, 임금순)

펴낸곳 · (주)도서출판 나라말
출판등록 · 제25100-2017-000044호
주소 · 서울시 은평구 진흥로 133 A동 B1
전화 · 02-332-1446 | 전송 · 0303-0943-3110
전자우편 · naramalbooks@hanmail.net

값 · 9,500원
ISBN 978-89-97981-01-4 44810
　　　978-89-97981-00-7 (세트)

＊이 책의 국립중앙도서관 출판시 도서목록(CIP)은 e-CIP 홈페이지(http://www.nl.go.kr/ecip)와
　국가자료공동목록시스템(http://www.nl.go.kr/kolisnet)에서 이용하실 수 있습니다.
　(CIP 제어번호 : CIP2012003227)

＊잘못된 책은 바꾸어 드립니다.

＊이 책에 실린 사진 자료 가운데에는 저작권자를 찾을 수 없어 허락을 받지 못하고 실은 것이 있습니다.
　해당 자료의 저작권자를 찾는 데 도움을 주실 분은 도서출판 나라말로 연락해 주십시오.

# 수성궁 담장이 저리 높은들

임정아 풀어씀 ─ 김은정 그림

나라말

구름과 비가 되어　함께한 날들은　한 날 꿈일 뿐 지난 일은 모두 닳아

먼 지 처 럼  흩 어 지 고          지 금 은 괜 한  눈 물 로  수 건 만  적 시 네

# 〈국어시간에 고전읽기〉를 펴내며

『춘향전』은 '어사출두요!' 하는 장면. 『구운몽』은 성진이 꿈에서 깨어나는 장면.

거기서 끝이 나 버린다. 교과서는 지면의 한계가 있고 수업은 진도에 쫓기다 보니 국어 시간에 읽는 고전은 그렇게 끝나 버리는 경우가 많았다. 춘향이를 보고 첫눈에 반한 이몽룡이 얼마나 안절부절못했는지, 한양으로 떠나는 이몽룡을 붙들고 춘향이가 얼마나 서럽게 울었는지 모른 채 『춘향전』의 주제는 '신분을 초월한 사랑을 통해 드러나는 인간 해방 사상'이라고 가르치고 배웠다. 내가 성진이 되어 양소유로 환생한다면 어떤 근사한 삶을 살아 보고 싶은지 상상의 나래를 펼쳐 볼 기회도 없이 『구운몽』은 '몽유 구조라는 전통적인 액자 형식'으로 되어 있다고 가르치고 배웠다.

이제는 국어 시간에 제대로 고전을 읽어 볼 수 있었으면 좋겠다. 제대로 읽으려면 어떻게 해야 할까? 낯설고 어려운 옛말을 현대어로 풀이하고 밑줄을 그으며 분석하는 데만 골몰할 것이 아니라, 먼저 이야기 자체에 푹 빠져 보는 것이다. 고전은 오랫동안 많은 사람들에게 감명을 주며 오늘날까지 전해져 온 유산이기에 시간과 공간을 초월하여 즐거움과 깨달음을 전해 주는 보편성을 가지고 있다. 한편으로는 오늘날의 삶이 아닌 과거의 삶에서 피어난 이야기이기에 현대인이 경험해 보지 못한 새로운 세계를 펼쳐 보여 주는 특수성도 가지고 있다. 그러므로 고전은 어렵고 낯설고 지

루한 것이 아니라, 즐겁고 신선하고 지혜로 가득 찬 것이라 할 수 있다.

대문호 셰익스피어의 작품들은 영국의 고전을 넘어서서 세계의 고전으로 칭송받고 있다. 영국에서는 그런 셰익스피어의 작품들이 널리 읽힐 수 있도록 옛말로 쓰인 원작을 청소년들이 읽을 수 있는 쉬운 현대어로, 어린 아이도 읽을 수 있는 아주 쉬운 동화로 거듭 번역해서 내놓는다. 그리하여 셰익스피어의 작품들은 책이나 연극으로는 물론 만화로도, 영화로도, 드라마로도 계속해서 다시 태어나고 있다.

그런 희망을 담아 〈국어시간에 고전읽기〉를 펴낸다. 우리 고전을 사랑하는 사람들의 손을 거쳐 벌써 여러 작품이 새롭게 태어났다. 고전의 품위를 훼손하지 않으면서도 청소년들이 어렵지 않게 이해할 수 있는 말을 골라 옮겼고, 딱딱한 고전이 아니라 한 편의 아름다운 이야기로 독자들에게 다가가기 위해 새로운 제목을 붙였으며, 그 속에 녹아 있는 감성을 한층 더 생생하게 전할 수 있도록 정성스러운 그림들로 곱게 꾸몄다. 또한 고전의 세계를 여행하는 데 도움을 줄 '이야기 속 이야기'도 덧붙였다.

〈국어시간에 고전읽기〉와 함께 국어 시간이 고전의 바다에 풍덩 빠져 진주를 건져 올리는 시간이 되기를 바란다.

〈국어시간에 고전읽기〉 기획위원회

# 『운영전』을 읽기 전에

　『운영전』은 누가 지었는지 알 수 없는 한문 소설입니다. 우리 고전 소설 중에 여러분들이 잘 알고 있는 『춘향전』이나 『홍부전』 같은 이야기는 입에서 입으로 전해져 온 이야기를 한글로 기록해 작가가 누구인지 알 수 없습니다. 또 『홍길동전』처럼 작가가 자신의 이름을 밝힌 한글 소설도 있습니다. 한문 소설의 경우에도 『구운몽』처럼 소설을 지은 작가가 자신의 이름을 밝혀 놓은 경우가 있는가 하면, 이 『운영전』처럼 작가가 자신의 이름을 숨긴 경우도 있습니다.

　하지만 소설이 한문으로 쓰였다는 것은 분명 누군가, 그것도 한문으로 글을 지을 수 있을 만큼의 학식을 갖추었던 사람이 이 이야기를 직접 창작했다는 것을 의미합니다. 그런데 그 사람은 이렇게 아름다운 소설을 지어 놓고도 어째서 자신의 이름을 밝히지 않았을까요?

　이 소설은 조선 시대 세종대왕의 셋째 아들인 안평대군이 영화를 누리던 시절과 그 이후 임진왜란이 터지고 나라가 폐허로 변했던 시절을 배경으로 하고 있습니다. 안평대군은 실제로 시와 그림, 가야금에 두루 능했고, 특히 글씨로 이름을 날렸으며 재력도 상당하여 당대의 이름난 예술가들을 후원하며 문화를 번영시킨 인물입니다. 소설 속에서 안평대군은 자신의 궁궐인 수성궁을 짓고 그 속에서 영리하고 아름다운 궁녀 열 명을 뽑아 시를 가르치며 풍요로운 나날을 보내고 있었습니다.

그러나 조선 시대의 궁녀는 가고 싶은 곳에 갈 자유도, 자신이 원하는 사람을 만나고 결혼할 자유도 빼앗긴 채 주인의 명령에 따라서만 살아야 했던 존재였습니다. 아무리 주인의 사랑을 받으며 예술과 안락함을 즐기는 삶이라 하더라도 개인의 자유가 박탈되었다면 그런 삶은 비극일 뿐입니다. 『운영전』은 그런 비극 속에서 피어나 결국은 비참하게 끝나고 마는 슬프고도 아름다운 사랑 이야기입니다.

찬란한 문화가 꽃피고 평화로웠던 가장 이상적인 시대에 온갖 아름다움으로 가득한 궁궐의 깊은 정원에서조차 신분과 제도, 그리고 윤리의 굴레에 눈물지었던 한 여인이 있습니다. 그 여인의 이름은 운영. 나이는 열일곱.

그리고 운영의 슬픈 사랑 이야기를 세상에 전한 한 사람이 있습니다. 선비 유영. 그는 전란을 겪고 폐허가 된 세상에서조차 힘없고 가난하다는 이유로 조롱을 받습니다. 유영은 고단한 현실에서 벗어나고자 아름다운 정원을 찾아가 아름다웠던 시절로 여행을 떠납니다. 하지만 유영이 본 것은 아름다움 속에 감추어졌던 젊은 연인들의 슬픈 사랑의 눈물이었지요.

이제 우리도 그 여행에 따라나서 볼까요? 여러분 또래의 젊은이들이 그 시절에 살아갔던 삶 속으로, 이름을 감춘 『운영전』의 작가가 보여 주려 했던 그 시대의 담장 안쪽으로.

# 이야기 차례

●●● 〈국어시간에 고전읽기〉에는 이야기의 재미와 이해를
돕기 위한 '이야기 속 이야기'가 함께합니다.

# 수성궁 담장이 저리 높은들

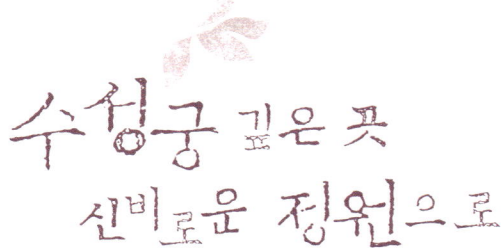

수성궁 깊은 곳
신비로운 정원으로

아름다운 궁궐 수성궁은 안평대군이 살던 집으로, 한양성 서쪽 인
왕산 기슭에 있었다. 인왕산은 산줄기와 물줄기가 험하면서도 매
우 수려하여 마치 용이 몸을 서리고 호랑이가 웅크려 앉아 궁궐을
지켜 주는 듯한 모습을 하고 있었다. 게다가 남쪽에는 사직단이,
동쪽에는 경복궁이 자리 잡고 있는 천하의 명당이었다.

　인왕산의 한 줄기가 굽이쳐 내려오다 수성궁에 이르러 우뚝 일어
서는데, 그리 높지는 않아도 그 위에 올라서면 한양이 한눈에 내려
다보였다. 길에 늘어선 가게들이며 성안 가득한 집들이 바둑판의
바둑돌이나 하늘의 별처럼 또렷하게 보였고, 베틀의 실처럼 줄지
어 펼쳐져 있었다. 또한 동쪽을 바라보면 아득히 궁궐이 솟아 있었

고, 그 사이를 임금이 다니는 길과 신하가 다니는 길이 가로질렀으며, 푸른빛을 드리운 구름과 안개가 아침저녁으로 모습을 드러내곤 하였다.

과연 수성궁은 한양에서도 제일로 경치가 빼어난 곳이라며 사람들은 입을 모았다. 그래서 꽃 피는 봄이나 단풍 드는 가을이면 술이나 활쏘기를 즐기는 한량들이 날이면 날마다 노래 부르는 기생과 피리 부는 시종을 데리고 가 놀았으며, 시를 짓고 서예를 즐기는 이들 역시 매일같이 수성궁을 찾아가 풍류에 취해서는 돌아가는 것마저 잊어버리곤 하는 것이었다.

청파동에 사는 유영(柳泳)이라는 선비도 수성궁의 경치가 아름답다는 소문을 하도 듣다 보니 '나도 그런 호사스런 곳에 가서 한번 놀아 보았으면…….' 하는 마음이 절로 들었다. 하지만 차림새가 허름하고 얼굴빛도 꾀죄죄한 자기 같은 사람이 그런 곳에 갔다가는 비웃음만 살 것이 뻔하기 때문에 한번 가 볼까 하고 나서다가도 망설이기만 한 지가 이미 오래였다.

신축년 3월 16일, 드디어 유영은 막걸리 한 병을 사 들고 집을 나섰다. 하지만 데리고 갈 하인 아이도 없고 친구도 없어 혼자서 술병을 허리춤에 차고 수성궁으로 들어가니 아니나 다를까 그를 본 사람들마다 서로 수군거리며 낄낄대는 것이 아닌가. 부끄러움에 몸 둘 바를 모르던 그는 사람들의 시선을 피해 서둘러 후원으로 숨어들었다. 높은 곳에 올라가 사방을 둘러보니 전쟁이 막 끝난 뒤라

---

∞ 신축년(辛丑年) ― 임진왜란이 끝나고 3년 뒤인 선조 34년, 즉 1601년을 말한다.

궁궐과 거리의 화려한 집들은 다 무너져 사라지고 없었다. 텅 빈 궁터엔 무너진 담장과 깨진 기와 조각, 못 쓰게 된 우물과 나뒹구는 섬돌 사이로 잡초만 무성했고 오직 동쪽 문 몇 칸만 쓸쓸히 서 있을 뿐이었다.

유영은 아늑하고 고요한 연못이 있는 서쪽 정원 깊숙한 곳으로 발걸음을 옮겼다. 맑은 연못 위에는 우거진 온갖 풀들의 그림자가 드리워졌고, 땅 위에는 떨어진 꽃잎만 수북이 쌓여 있어 사람이 다녀간 흔적을 찾을 수 없었다. 때마침 산들바람이 불어오자 신비로운 향기가 주변에 가득 번져 나갔다.

유영은 바위 위에 홀로 앉아 소동파의 시를 한 구절 읊조렸다. '조원각에 오르니 봄은 반쯤 지나가고, 뜰에 가득 떨어진 꽃잎은 쓸어 낼 사람 없네.' 그러고는 가지고 온 술을 다 마셔 버리고 돌을 베개 삼아 바위에 드러누웠다가 깜빡 잠이 들고 말았다.

잠시 후 술이 깨어 눈을 떠 보니 놀러 왔던 사람들은 모두 가 버리고 아무도 없었다. 산 위에는 이미 달이 떠올랐고, 안개는 버들가지를 감쌌으며, 바람은 꽃잎을 간질이고 있었다. 그때 한 줄기 가느다란 말소리가 바람결에 들려왔다. 이를 이상하게 여긴 유영이 일어나 그 소리를 따라가 보니, 젊은이 하나가 기막히게 아름다운 여인과 마주 앉아 정답게 이야기를 나누고 있는 것 아닌가! 두 사람은 그를 보고는 자리에서 일어나 반갑게 맞아 주었다.

유영이 마주 인사하며 젊은이에게 물었다.

"수재는 어떤 분이시기에 낮도 아닌 밤에 이렇게 나와 계십니까?"

젊은이가 빙그레 웃으며 대답하였다.

"'처음 만났지만 오랜 친구처럼 이야기를 주고받는 사이'라는 옛 사람의 말이 바로 우리를 두고 한 말인 듯하군요."

그리하여 세 사람은 둘러앉아 이야기를 나누게 되었다. 여인이 나지막한 목소리로 누군가를 부르자 숲 속에서 아리따운 시녀 둘이 걸어 나왔다.

"오늘 저녁 옛사랑을 다시 만난 이 자리에 뜻밖에도 훌륭한 손님까지 한 분 더 오셨구나. 이처럼 좋은 밤을 헛되이 보낼 수 없으니 너희는 술과 안주를 준비하고 붓과 벼루도 내오너라."

잠시 후 두 시녀가 술과 안주를 가지고 돌아왔는데, 사뿐사뿐 오가는 모습이 마치 날아다니는 새처럼 가벼웠다. 유리로 된 술동이에는 신선이 마신다는 자하주(紫霞酒)가 가득 담겨 있었고, 진귀한 과일과 신기한 음식은 인간 세상에서는 쉽게 볼 수 없는 것들이었다. 술잔이 세 번 오가자 여인은 새로운 노래를 불러 다시 술을 권하였다.

깊고 깊은 궁궐에서 이별한 옛사람

하늘이 정한 인연이 남아 뜻밖에 다시 만났으니

---

∞ 소동파(蘇東坡, 1036~1101) — 중국 당나라와 송나라 때의 뛰어난 여덟 문장가 가운데 한 사람으로 본경은 소식(蘇軾)이다. 그가 쓴 「적벽부(赤壁賦)」는 불후의 명작으로 남아 있다. 유영이 읊은 구절은 「여산(驪山)」의 일부분으로, '조원각(朝元閣)'은 당나라 때 여산에 지어진 누각이다.

∞ 수재(秀才) — '머리가 좋고 재주가 뛰어난 사람'이라는 뜻으로, 젊거나 미혼인 남자를 높여 부르던 말.

꽃피는 봄마다 눈물로 보낸 날이 그 얼마던가.

구름과 비가 되어 함께 한 날들은 한낱 꿈일 뿐

지난 일은 모두 닳아 먼지처럼 흩어지고

지금은 괜한 눈물로 수건만 적시네.


노래를 마친 여인의 얼굴에 뜻밖에도 구슬 같은 눈물과 깊은 한숨이 드리워졌다. 이를 이상하게 여긴 유영이 공손하게 물었다.

"제가 뛰어난 재주를 타고난 것은 아니지만 어려서부터 글을 배웠기에 시의 품격을 어느 정도는 알 수 있습니다. 지금 이 노래를 들으니 격조가 맑고 높으나 담긴 뜻이 슬프고 처량하군요. 유난히 달도 밝고 바람도 맑은 이 분위기 좋은 밤에 이렇게 마주 앉아 눈물을 짓는 까닭이 무엇인지요? 게다가 함께 술을 마시면서도 아직 서로 이름을 모르니 저로서는 그 마음을 헤아리기가 더욱 어렵습니다."

유영이 먼저 자신의 이름을 말하고 대답을 기다리자 젊은이도 어쩔 수 없이 입을 열었다.

"제가 이름을 밝히지 않은 것은 그럴 만한 까닭이 있어서입니다. 굳이 알고 싶어 하시면 말씀드리지 못할 이유는 없으나 말하자면 이야기가 길어집니다."

---

∞ 구름과 비가 되어 — 초나라 양왕이 낮잠을 자다가 꿈속에서 한 여인과 잠자리를 같이했는데, 다음 날 아침에 그 여인이 떠나면서 '저는 무산 동쪽 높은 언덕에 살고 있는데 날마다 아침이면 구름이 되었다가 저녁에는 비가 됩니다.'라고 했다는 고사에서 유래한 구절. 이 고사에서 부부 사이의 정을 일컫는 '운우지정(雲雨之情)'이란 말이 나왔다.

젊은이는 한참 동안 시름에 겨운 얼굴로 먼 곳을 지긋이 바라보다가 말을 이어 갔다.

"제 성은 김가입니다. 열 살에 이미 글재주로 이름을 날렸고 열네 살에 과거에 급제하여 사람들이 모두 저를 김 진사라고 불렀지요. 그런데 젊은 혈기와 호탕한 마음을 다스리지 못하고 이 여인과 인연을 맺었고, 그 때문에 부모님이 물려주신 몸을 지키지 못하고 일찍 목숨을 끊어 끝내 불효자가 되고 말았습니다. 죄인으로 낙인 찍힌 사람의 이름을 알아서 무엇하려오? 아무튼 이 여인의 이름은 운영(雲英)이며, 저 두 시녀의 이름은 녹주(綠珠)와 송옥(宋玉)인데, 이들은 모두 안평대군의 궁녀였습니다."

"이왕 말씀을 시작하셨으니 안평대군 시절의 이야기와 진사께서 이토록 슬퍼하시는 사연도 청해 들을 수 있겠습니까?"

그러자 김 진사가 운영을 돌아보며 물었다.

"글쎄…… 세월이 이미 오래되었는데 그때 일을 기억할 수 있겠소?"

"이 마음속에 맺힌 원한을 어느 하룬들 잊었겠어요? 제가 한번 이야기해 볼 테니 곁에서 들으시다가 혹시 빠트린 것이 있으면 말씀해 주세요."

운영이 조용히 이야기를 시작하였다.

# 감추어진 보석,
## 열 명의 궁녀들

세종대왕께는 여덟 명의 왕자가 있었는데, 그 가운데 안평대군이 가장 총명하셨습니다. 그래서 대왕께서 안평대군을 특별히 사랑하셔서 무수히 상을 내리시니 토지며, 노비며, 재산이 여러 왕자들 가운데서 단연 최고였지요. 대군이 열세 살 되던 해, 대궐에서 나와 자신의 궁을 지어 살았는데 그곳이 바로 이 수성궁입니다.

거기서 대군은 밤에는 책을 읽고 낮에는 시를 읊거나 서예를 익히면서 한시도 허투루 보내는 법 없이 학업에 힘쓰셨지요. 당시에 유명한 문인과 재주가 뛰어난 선비는 모두 수성궁에 모여들어 실력을 뽐내며 겨루기도 했는데, 새벽닭이 울 때까지 토론이 그치지 않는 경우도 있었답니다. 대군은 특히 서예에 뛰어나서 나라 안에서는 가히 따라갈 만한 사람이 없었습니다.

세종대왕의 뒤를 이은 문종께서는 세자이실 적에 집현전의 여러 학자들과 함께 대군의 필법을 논할 때면 항상 이렇게 말씀하셨습니다.

"내 아우가 중국에서 태어났다면 왕희지에게는 미치지 못하더라도 조맹부보다 못하지는 않을 것이오."

문종께서는 이렇듯 안평대군의 글씨에 칭찬을 아끼지 않으셨어요.

하루는 대군께서 저희에게 말씀하셨습니다.

"아무리 재주 많은 선비라 하더라도 조용한 곳에서 부지런히 스스로를 갈고 닦은 뒤에야 비로소 학문을 이룰 수 있는 법이다. 성 밖은 조용하고 한적하니 학업에 전념하기 좋을 것이다."

대군은 곧 깔끔한 집 몇 칸을 짓고는 게으름을 막는 집이라는 뜻으로 '비해당(匪懈堂)'이란 이름을 붙이셨습니다. 그리고 그 옆에는 좋은 시를 지을 것을 맹세한다는 뜻으로 '맹시단(盟詩壇)'이라는 단을 쌓았지요. 맹시단에는 당대의 문장과 명필이 모여들었는데, 문장은 성삼문이 으뜸이었고 글씨는 최흥효가 제일이었습니

---

∞ 왕희지(王羲之, 307~365) — 중국 진나라의 서예가로, 고금을 불문하고 최고의 명필로 평가받고 있다.

∞ 조맹부(趙孟頫, 1254~1322) — 중국 원나라의 서예가로, 글씨는 물론 그림과 시에도 뛰어나 후세에 큰 영향을 미쳤다.

∞ 성삼문(成三問, 1418~1456) — 조선 세종 때의 문신으로, 세종을 도와 훈민정음을 창제하였다. 사육신(死六臣)의 한 사람으로, 단종의 복위를 꾀하다가 실패하여 처형되었다.

∞ 최흥효(崔興孝) — 고려 말기에 태어나 조선 초기에 활약한 문인으로, 조선 초기 서예가 가운데서 가장 뛰어나다는 평가를 받고 있다.

다. 하지만 모두 대군의 재주에는 따라가지 못하였답니다.

하루는 기분 좋게 취한 대군께서 궁녀들을 불러 놓고 말씀하셨습니다.

"하늘이 재주를 내릴 적에 어찌 남자에게만 내렸겠느냐. 지금 문장가라고 자처하는 사람은 많아도 뛰어난 사람은 적다. 그러니 너희들은 힘써 공부하도록 해라."

그런 다음 나이 어리고 아름다운 궁녀 열 명을 뽑아 가르치기 시작하셨답니다. 먼저 『소학』을 외우라 하시고, 이어서 『중용』·『대학』·『논어』·『맹자』·『시경』·『서경』·『통감』을 차례로 읽히셨으며, 또 이백과 두보의 시를 비롯해 당나라 시 수백 편을 뽑아 가르치셨습니다.

과연 다섯 해가 채 지나지도 않아 저희는 모두 나름대로 학식을 갖추고 글재주도 뛰어나게 되었습니다. 대군께서는 항상 저희들 곁에서 시를 지어 읊게 하셨습니다. 잘못된 곳은 바로잡아 주시고 잘된 시와 그렇지 못한 시를 가린 다음 상과 벌을 내려 격려하셨지요. 늘 그리하다 보니 비록 대군께는 미치지 못했지만 저희의 시는 음률이 낭랑하고 표현 또한 빼어나 당나라 시인들의 울타리를 넘볼 만했습니다.

그 열 명의 이름은 소옥·부용·비취·비경·옥녀·금련·은

---

∞ 중용 ~ 통감 ─ 조선 시대 유학을 공부하는 사람들이 읽던 중국의 책들로 철학, 시, 역사 등을 담고 있다. 조선 시대의 교과서나 다름없었다.

∞ 이백(李白, 701~762)과 두보(杜甫, 712~770) ─ 중국 당나라 때의 시인들로, 중국 역사상 가장 뛰어난 두 시인으로 꼽힌다.

섬·자란·보련·운영이었는데, 제가 바로 운영입니다. 대군은 저희 열 궁녀 모두를 금쪽같이 아끼고 보살펴 주셨습니다. 그러나 저희들을 늘 궁 안에만 머물게 하시고 바깥사람들과는 한마디도 나누지 못하게 하셨답니다. 그리고 날마다 선비들과 만나 술을 마시고 글재주를 다투면서도 저희들에게는 그 근처에 얼씬거리지도 못하게 하셨지요. 바깥사람들이 저희의 존재를 알게 될까 봐 염려해서 그런 것이었답니다. 그래서 자주 이런 엄한 명령을 내리곤 하셨습니다.

"한 번이라도 궁문을 나가는 궁녀가 있다면 죽음을 면치 못할 것이다. 또 바깥사람이 너희들의 이름을 알게 되면 그 역시 죽음을 면치 못하리라."

어느 날, 바깥에서 돌아오신 대군께서 저희들을 부르셨습니다.

"오늘 선비들과 술을 마시는데, 신비한 푸른 연기가 궁중의 나무에서 아른거리더니 성벽 꼭대기를 에워싸고는 산기슭으로 날아가 버리더구나. 그 감흥에 취하여 내가 먼저 시를 한 수 읊고 손님들에게도 돌아가며 시를 지어 읊도록 했으나 마음에 드는 것이 한 수도 없었다. 어디, 너희들이 나이 순서대로 시를 한번 지어 보거라."

그래서 소옥이 가장 먼저 시를 지어 올렸습니다.


푸른 연기는 비단처럼 가늘어
　　　바람 따라 궁문으로 스며드네.
흐릿한 연기 짙었다 옅어지니
미처 황혼이 오는 줄도 몰랐네.

다음에는 부용이 지어 올렸습니다.

하늘로 날아올라 비를 불르더니
땅에 떨어져 다시 구름이 되누나.
저녁이 가까워 산 빛은 어두운데
간절한 생각  초 나 라  임 금 을  향하네.

그 뒤에는 비취가 지어 올렸습니다.

구름이 꽃을 덮으니 벌은 갈 곳 모르고
    대숲에 아른거리니 새는 깃들 곳 찾지 못하네.
황혼 녘엔 가랑비 되어 내리니
부슬부슬 빗소리  창밖에서 들 려 오 네.

---

∞ 간절한 생각 ~ 향하네 — 초나라 회왕(懷王)을 생각한다는 뜻. 간신의 모함을 받
은 굴원(屈原)이 시를 지어 자신의 충정을 표현했던 것을 의미한다.

다음에는 비경이 지어 올렸습니다.

작은 살구나무는 싹 틔우기도 어려운데
　　쓸쓸한 대나무 홀로　푸　른　빛　간직하였네.
그림자 기울어져 고개 들어 바라보니
어느새 날 저물어　다시　황혼이 되었네.

그러고는 옥녀가 지어 올렸습니다.

하늘하늘 고운 비단 해를 가리고
비췻빛의　　긴　　띠는 산에 걸렸네.
산들바람 불어 와　점　점　흩어지더니
이내 조그만 연못만 적실 뿐이네.

다음에는 금련이 지어 올렸습니다.

산 아래 찬 구름 쌓이더니
궁중 나무 곁으로 비쳐 날아드네.
　　　　　　바람결에 이리저리 흩날리더니
푸르던 하늘에 붉은 석양만 가득하네.

그 뒤에는 은섬이 지어 올렸습니다.

산골짜기에 나무 그늘 피어오르고

연못 누각에 푸른 그림자 흘러가네.
　날아서 돌아갈 곳 찾지 못하고
이슬방울 되어　연잎에 매달렸네.


다음에는 자란이 지어 올렸습니다.


새벽은 마을 어귀 어스름을 향하더니
키 큰 나무 아래로 비스듬히 이어졌네.
　　　　　　순식간에 홀연히 날아갔구나
서쪽 산등성이로 앞의 시냇가로.


차례가 돌아와 저도 한 수 지어 올렸지요.


멀　리　보이는 푸른 연기 고우니
미인은 비단 짜기를 멈추는구나.
　바람을 맞으며 홀로 슬퍼하더니
그 마음 날아가 무산에 떨어지네.


제 뒤에는 보련이 지어 올렸습니다.


가까운 골짜기 봄 그늘에 덮였고

∞ 무산(巫山) ─ 중국 사천성에 있는 산. 초나라 양왕이 꿈에 무산의 선녀를 만나 하룻밤을 보냈다는 전설이 전해 온다.

장안은 물 기운에 싸였으니

　　홀연히 사람 사는 이 세상을

푸 른 구 슬 궁 궐 로 만들어 놓았구나.


　대군께서는 저희의 시를 다 살펴보시고는 놀라움을 감추지 못하
고 이렇게 말씀하셨습니다.
　"저 당나라의 훌륭한 시들과 비교하더라도 전혀 손색이 없으며,
근보 성삼문보다 못한 자는 감히 시비를 걸 수도 없겠구나!"
　두세 번 읊조리시고도 시의 우열을 가리지 못하시던 대군께서는
한참을 음미하신 다음 입을 여셨습니다.
　"부용의 시는 초나라 임금을 생각한 것이기에 가상하게 생각한
다. 하지만 비취의 시가 격조가 있어 아름답고, 옥녀의 시는 생각
이 훌륭하면서도 마지막 구절에 깊은 뜻이 그윽하게 깃들어 있으
니, 마땅히 이 두 시를 으뜸으로 삼아야 하리라."
　한동안 생각에 잠긴 듯하던 대군께서 다시 말씀하셨습니다.
　"너희들의 시를 처음 보았을 땐 우열을 가릴 수 없었는데 찬찬히
음미하면서 다시 살펴보니, 자란의 시가 뜻이 깊어 깨닫지 못하는
사이에 절로 감탄하며 춤을 추게 하는구나. 다른 시들도 다 맑고
아름다운데, 어찌하여 운영의 시만 외로이 사람을 그리워하는 뜻
이 들어 있느냐? 누구를 그리워한 것인지 캐물어야겠으나 운영의
재주를 아끼기에 잠시 덮어 두겠노라."
　저는 곧장 뜰아래로 뛰어 내려가 엎드려 울면서 아뢰었습니다.
　"우연히 나온 시구일 뿐입니다. 어찌 제게 다른 뜻이 있겠습니
까? 하오나 의심을 받게 되었으니 만 번 죽어도 할 말이 없습니다."

"시는 마음에서 우러나는 것이라 가리거나 숨기고자 해도 그럴 수가 없는 것이다. 이제 그만 되었다."

그러고는 저를 일어나라 하시고 저희들에게 비단 열 필을 상으로 주셨습니다. 대군께서는 한 번도 저에게 마음을 내비친 일이 없었건만, 다른 궁녀들은 대군께서 저에게 마음을 두고 있다고 생각했던 듯합니다.

저희들은 동쪽 방으로 물러 나와 촛불을 밝히고 옛 궁녀들의 시를 돌려 읽으며 이야기를 나누었습니다. 그러나 저는 혼자 병풍에 기댄 채 진흙으로 빚은 인형인 양 근심에 젖어 말없이 앉아 있었지요.

그런 저를 보고 소옥이 말을 건넸습니다.

"운영아, 왜 그러고 있니? 대군의 의심을 받아 괴로워 그러는 거니? 아니면 대군께서 너를 마음에 두시니 좋아서 그러는 거니? 네가 무슨 생각을 하고 있는지 도무지 모르겠구나."

저는 옷깃을 여미면서 대답했습니다.

"언니가 어떻게 제 마음을 알겠어요? 시를 한 수 지으려는데 좋은 구절이 생각나지 않아 그런 것뿐이에요."

곁에 있던 은섬이 말했습니다.

"너의 뜻과 마음이 온통 딴 데 가 있으니 옆 사람 말이 바람처럼 귀를 스쳐 간 것이지. 네가 말을 않는 까닭을 알아내는 것은 조금

---

∞ 장안(長安) — 주나라 이래 수나라와 당나라 등 중국의 오랜 수도인데, 여기서는 조선의 수도인 한양을 일컫는다.

도 어렵지 않아. 한번 시험해 볼까?"

은섬은 곧바로 창밖의 포도를 보더니 시를 지어 보라고 재촉했지요. 은섬이 말을 끝내자마자 저는 바로 시를 지었습니다.

구불구불 이어진 넝쿨 용이 서린 듯하고
　　　　　　　　푸른 잎사귀 그늘 깊어 홀연 정이 스며드네.
따가운 여름 햇살 내리쬐기를 멈추어도
맑은 하늘은 찬 그림자 위에 맴돌고만 있구나.
　　뻗어 있는 줄기는 난간에 기대어 생각에 잠기고
맺힌 열매는 구슬 드리워 정성을 다하네.
먼 훗날 변화의 때를 간절히 기다리니
언젠가 비구름 타고 삼청궁에 오르리.

시를 본 소옥은 절까지 하면서 저를 칭찬했습니다.

"참으로 훌륭한 재주로구나! 소박한 구절이 옛 노래와 비슷하긴 하지만, 눈 깜짝할 사이에 이런 시를 짓는 것은 내로라하는 시인들도 쉽게 할 수 없을 거야. 칠십 명의 제자가 공자에게 머리를 숙였던 것처럼 기쁜 마음으로 너에게 머리를 숙여야겠구나."

자란이 그 말을 받더군요.

"말은 조심해서 하라고 했는데 언니의 칭찬은 조금 과하신 것 같

---

∞ 삼청궁(三淸宮) ― 도가에서 신선이 산다고 하는 하늘에 있는 세 궁궐로, 옥청(玉淸), 상청(上淸), 태청(太淸)을 가리킨다.

아요. 하지만 운영의 시가 표현이 은근하고 날아오르는 듯한 느낌을 주는 것은 사실이에요.”

다른 궁녀들도 자란의 말에 모두 고개를 끄덕이더군요. 이 일로 저에 대한 의심은 잠시 묻히긴 하였으나 그렇다고 완전히 사라진 것은 아니었습니다.

이튿날, 문밖에서 수레 소리 요란하게 들리더니 문지기가 손님이 오셨다고 외쳤습니다. 모두 뛰어난 선비들이었습니다. 대군께서는 동쪽 누각에 손님들을 모시고는 저희들이 지은 시를 보여 주셨지요. 시를 읽어 본 선비들은 모두 깜짝 놀랐습니다.

“뜻밖에 옛 당나라의 아름다운 시를 오늘 다시 본 듯합니다. 대군께서는 대체 어디서 이런 보물을 얻으셨습니까?”

“하인 아이가 우연히 길에서 주워 왔다는데, 누가 지은 것인지는 알 수 없으나 아마도 초야에 묻혀 있는 어느 양갓집 규수의 것이 아니겠소?”

하지만 선비들은 대군의 말을 믿는 기색이 아니었는데, 뒤늦게 온 성삼문은 이런 말까지 하였지요.

“재주를 다른 시대에서 빌려 올 수는 없지요. 예전 왕조부터 지금까지 육백여 년 동안 우리나라에서 시로 이름을 날린 사람은 일일이 셀 수 없을 정도로 많습니다. 그러나 어떤 사람은 거친 것에 빠져 우아하지 못하고, 어떤 사람은 경쾌하고 맑으나 지나치게 들떠 있는 등 대체로 음률이 맞지 않고 성정을 잃어버렸습니다. 헌데 지금 이 시들은 맑고 거기 담긴 뜻이 고결해 속세의 흔적이 전혀 없습니다. 이 시들은 분명 깊은 궁중 안 사람이 세상 사람들과 만나지 않고 오로지 옛사람의 시만 밤낮으로 읽고 읊으며 마음속에서 절로 깨우친 것입니다.

자세히 시구의 뜻을 음미해 보면, '바람을 맞으며 홀로 슬퍼하더니'라는 구절에는 임을 그리워하는 뜻이 담겨 있으며, '쓸쓸한 대나무 홀로 푸른빛 간직하였네'라는 글귀엔 굳건히 정절을 지키려는 뜻이 담겨 있습니다. 또 '바람결에 이리저리 흩날리더니'라는 글귀에는 자신을 지키기 어려우리라는 마음이 숨겨져 있고, '간절한 생각 초나라 임금을 향하네'라는 구절엔 한 임금을 향한 지극한 정성이 담겨 있으며, '이슬방울 되어 연잎에 매달렸네'와 '홀연히 날아갔구나 서쪽 산등성이로 앞의 시냇가로'라는 시구는 신선이 아니면 표현할 수 없는 것입니다. 격조의 우열이 있으나 갈고 닦은 기상은 모두 한결같습니다. 이 궁중에 분명히 열 명의 선녀가 있을 터이니 숨기지 마시고 한번 보여 주시지요."

대군께서는 속으로는 탄복했으면서도 시치미를 떼셨습니다.

"누가 자네더러 시를 보는 눈이 있다고 했는가? 깊고 깊은 이 구중궁궐에 그런 사람들이 어찌 있겠는가? 괜한 의심일세."

그때 저희들은 창틈으로 방에서 오가는 이야기를 가만히 엿듣고 있었는데, 성삼문의 혜안에 누구 하나 감탄하지 않는 이가 없었지요.

그날 밤 저와 절친한 자란이 저에게 조심스럽게 물었습니다.

"운영아, 시집가고픈 마음이 없는 처녀가 어디 있겠니. 네 마음속에 품은 사람이 누구인지 모르겠다만, 네 얼굴이 날로 수척해 가니 안타깝구나. 그런 네가 걱정되어 진정으로 묻는 것이니 나에게만이라도 속 시원히 말해 주지 않겠니?"

저를 헤아려 주는 자란의 마음에 감동하여 저는 남몰래 품고 있었던 이야기를 조금씩 풀어 펼쳐 놓았습니다.

운영전의 숨은 주인공

# 안평대군, 그는 누구인가?

학식이 깊고 예술을 사랑했던
세종대왕의 셋째 아들.
정치적 야심이 컸던 한 살
위의 친형 수양대군에게
죽임을 당한 비운의 왕자.
중국에까지 이름이 알려졌던
조선의 명필.
『운영전』의 숨은 주인공.
안평대군,
그는 어떤 사람이었을까요?

소원화개첩(小苑花開帖) — 국보
제238호로, 당나라의 시인 이상은
(李商隱)의 시를 안평대군이
붓으로 쓴 것이다.

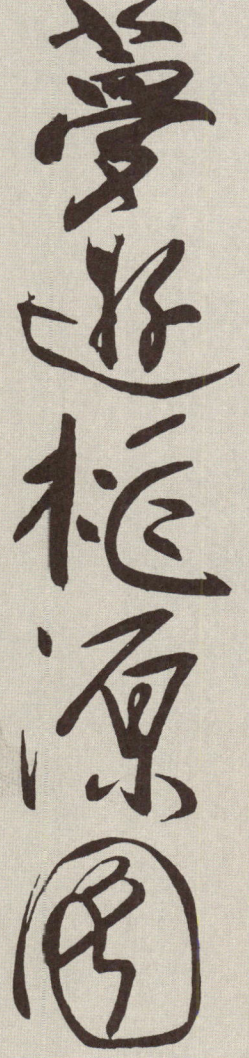

● 먼저 간단하게 자기소개부터 해주시죠?

내 소개를 하면 '아, 그 사람' 하고 알아볼 사람이 많이 있을지 모르겠소.
이렇게 소개하는 게 훨씬 쉽겠지. 나는 세종대왕의 셋째 아들이오. 1418년에 태어났고,
이름은 이용(李瑢)이라 하오. 큰형은 훗날 문종이 되었고, 둘째 형은 수양대군으로 나중에
세조가 되지. 둘째 형과는 성균관에서 함께 공부하기도 했소. 하지만 둘째 형이 계유정난을
일으켜 큰형의 아들 단종을 쫓아낼 때, 나도 강화도로 유배되었는데 8일 만에 사약을 받고
죽음을 맞았소. 그때 내 나이가 서른여섯이었지. 그러고 보니 참 까마득한 옛일이구려.

● 수성궁은 어디에 있었나요?

『운영전』을 읽고 나를 찾아왔을 테니 그도 궁금하겠지요. 내가 살던 집 비해당은 한양 인왕산
수성동 계곡에 있었소. 요즘 소문을 듣자 하니 수성동 계곡은 서울시 기념물 제31호로
지정되었다지요? 내 생전에도 아름답기로 이름난 곳이었으니 당연히 그럴 테지. 수성궁은
그 근처 어딘가에 흔적이 있을 테니 나한테 묻지 말고 직접 한번 찾아보시오. 하하하!

● 〈몽유도원도〉를 그리게 된 계기도 말씀해 주시겠어요?

1447년 어느 봄날, 꿈을 꾸었는데 무릉도원을 구경하지 않았겠소? 마음속에 품고 있던
풍경이 눈앞에 펼쳐지는데, 얼마나 장관이던지! 꿈을 깨고 나서도 어찌나 그 풍경이 생생하
던지 당시 최고라는 평을 듣던 화가를 불렀소. 그 사람이 바로 안견(安堅)이오. 내 꿈
이야기를 들려주고 그림으로 그리도록 했는데, 그게 바로 〈몽유도원도(夢遊桃源圖)〉라오.
그 그림이 비단 바탕에 먹색을 기본으로 하고 그 밖에 여러 가지 채색을 곁들인 수묵
담채화라는 건 잘 알고 있겠지요? 내가 그 그림에 직접 제목과 그림에 대한 설명을 썼는데,
신숙주(申叔舟)·정인지(鄭麟趾)·박팽년(朴彭年)·성삼문(成三問) 같은 당대 최고
문사들도 그림을 칭찬하는 글을 손수 남겼다오. 〈몽유도원도〉 자랑을 좀 하겠소. 그 그림은
여느 두루마리 그림과는 달리 그림 내용이 왼쪽 아랫부분에서 오른쪽 윗부분으로
전개되는데, 왼쪽 시작 부분의 현실 세계와 나머지 꿈속 세계의 사뭇 다른 분위기를
훌륭하게 드러냈고 자연의 웅장함과 신선이 사는 곳의 환상적인 풍경을 절묘하게
표현했다는 칭찬을 받고 있더군. 그런데 그런 그림이 지금 일본의 텐리대학(天理大學)에
소장되어 있다니 안타까운 일이오.

몽유도원도 ─ 안견이 안평대군의 꿈 이야기를 듣고 그린 그림.

# 손가락에 떨어진 먹물,
# 사랑으로 번지고

궁녀들이 많으니 소문이 날까 불안해 말하지 못했는데, 네가 이렇게 간곡히 물으니 더 이상 숨길 수가 없구나. 작년 가을 국화가 피고 단풍이 질 무렵, 대군께서 시녀들에게 먹을 갈고 비단을 펼치게 하시고는 시를 쓰고 계셨지. 그때 하인 아이가 들어와 아뢰더구나.

"웬 젊은 선비가 김 진사라 하면서 대군을 뵙겠다 하옵니다."

"드디어 김 진사가 온 모양이로구나!"

대군께서는 환하게 웃으며 손님을 맞으셨는데, 베옷에 가죽 허리띠를 맨 선비가 빠른 걸음으로 섬돌에 오르는 모습이 새가 날개를 펼치는 것 같더구나. 선비의 얼굴과 행동은 정말 신선처럼 빛났지.

"존함을 들은 지 오래이온데 뒤늦게 인사를 올리게 되어 죄송하

기 이를 데가 없사옵니다."

"나 또한 김 진사의 명성을 들은 지 오래됐는데 이렇게 직접 인사를 받게 되니 크나큰 기쁨이 아닐 수 없네."

진사가 들어올 때 우리 궁녀들도 그 자리에 함께 있었는데, 대군께서는 진사의 나이가 어리고 마음도 착하다고 여겨 편히 생각하셨는지 우리를 물러가게 하지 않으셨어.

대군께서 진사에게 말씀하셨지.

"가을 경치가 매우 좋으니 시를 지어 이 집을 빛나게 해 주게."

진사는 대군의 부탁을 겸손하게 사양하더구나.

"헛된 명성이 떠도는 것일 뿐, 제 솜씨는 미천하기만 합니다. 그러니 어찌 제가 감히 시를 지을 수 있겠습니까."

대군께서는 슬며시 웃으며 재촉하지도 않고 금련에게는 노래를 부르게 하고, 부용에게는 거문고를 뜯게 하고, 보련에게는 단소를 불게 하고, 비경에게는 술잔을 올리게 하며, 나에게는 벼루를 맡겨 먹을 갈게 하셨지. 그런데 내 나이 열일곱 살. 잘생긴 진사님 곁에 앉으니 그만 어지럽고 가슴이 울렁거리더구나. 진사님도 자주 나를 돌아보면서 미소 띤 눈길을 보내곤 하셨어.

잠시 그렇게 시간이 흐른 후 대군께서 다시 부탁을 하셨어.

"나는 그대가 오기를 진심으로 바랐는데, 어찌하여 그대는 옥 같은 목소리를 숨겨 이 집을 무안하게 만드는가?"

그러자 드디어 진사님이 붓을 들더니 시를 한 수 쓰셨단다.


나그네 기러기 남쪽으로 날고
궁중에는 가을빛이 깊었어라.

물이 차니  연꽃은  고개를  숙이고
　　　　서리 내리니 국화는 금빛을 드리웠네.
비단 자리에는 젊고 고운 여인
구슬 같은 소리로 백설곡을 연주하네.
신선이 마신다는 유하주 한 말에
마음이 먼저 취해 몸 가누기 어려워라.


대군은 두세 차례 읊조리다가 감탄하며 말씀하셨어.

"자네는 정말 천하에 둘도 없는 뛰어난 재주꾼이로군. 어찌하여 우리가 이다지도 늦게야 만났단 말인가?"

우리들도 서로 돌아보면서 한목소리로 말했지.

"어찌 세상에 이런 사람이 있을까? 분명 신선이 학을 타고 속세에 내려온 게 틀림없을 거야."

대군께서 진사에게 술잔을 건네며 물으셨지.

"자네는 옛 시인들 가운데서 누가 가장 뛰어나다고 생각하는가?"

"시인마다 모두 나름의 특색이 있어서 쉽사리 우열을 가리기 어려우나 짧은 제 소견을 말씀드리겠습니다. 이백은 하늘의 신선으로, 그 기상으로 말할 것 같으면 오래도록 옥황상제의 향안 앞에 머물다가 현포에 놀러 와서 옥액을 다 마시고 취흥을 이기지 못해

---

∞ 향안(香案) ─ 제사 때에 향로를 올려놓는 상.
∞ 현포(玄圃) ─ 중국 전설 속 곤륜산에 있는 곳으로, 신선이 산다고 한다.
∞ 옥액(玉液) ─ 옥에서 나는 즙으로, 마시면 오래 산다고 한다.

만 년 묵은 나무에서 아름다운 꽃을 꺾어 들고 바람을 따라 인간 세계에 떨어진 듯합니다. 노왕은 바다의 신선으로, 해와 달이 떴다 지고 시시각각 구름이 변화하며, 푸른 파도가 요동치고 고래가 물을 내뿜으며, 섬들이 아득하고 초목이 무성하며, 물결이 꽃처럼 일렁이는가 하면, 물새들의 노래와 교룡의 눈물을 모두 가슴에 간직한 것이 그들 시의 조화입니다. 맹호연은 소리를 부리는 수준이 가장 높은데, 사광에게 음률을 배우고 익혔다고 합니다. 이의산은 신선의 도술을 배워 일찍부터 시마를 자기 뜻대로 움직였으니 그가 평생 지은 시는 모두 귀신의 말이었습니다. 나머지 다른 사람들이야 어찌 다 말할 수 있으리까?"

"날마다 문사들과 시를 논해 보면 대개 두보를 으뜸으로 삼는데 자네는 어찌하여 두보에 대하여 그렇게 말하는가?"

"그렇습니다. 속된 선비들이 좋아할 만한 것을 말한다면, 회와 구운 고기가 사람의 입을 즐겁게 하는 것과 같습니다. 두보의 시는 정말로 회와 구운 고기 같습니다."

"두보는 온갖 문체를 자유자재로 구사하고 표현 또한 매우 정교

---

∞ 노왕(盧王) — 중국 당나라의 시인 노조린(盧照隣, 637~689)과 왕발(王勃, 650~676)을 아울러 이르는 말.

∞ 교룡(蛟龍) — 용과 비슷한 상상 속의 동물로, 때를 만나지 못해 뜻을 이루지 못한 영웅을 비유하는 말.

∞ 맹호연(孟浩然, 689~740) — 중국 당나라의 시인.

∞ 사광(師廣) — 중국 춘추 시대 진나라의 음악가.

∞ 이의산(李義山, 812~858) — 중국 당나라의 시인.

∞ 시마(詩魔) — 시를 지을 마음을 불러일으키는 마력.

한데, 그대는 어찌하여 이를 무시하는가?"

진사가 용서를 빌며 대답했지.

"어찌 제가 감히 두보를 무시할 수 있겠습니까? 두보의 장점을 논한다면, 한 무제가 미앙궁에 납시어 사방의 오랑캐들이 함부로 날뛰는 것을 원통하게 여기시고 장수들에게 정벌을 명하니, 곰처럼 힘이 센 백만 명의 군사가 수천 리에 걸쳐 쭉 뻗어 있는 기세와 같습니다. 그의 위대한 점을 말한다면, 사마상여에게「장문부」를 짓게 하그 사마천에게「봉선서」를 짓게 한 것과 같습니다. 신선 중에서 찾는다면, 동방삭이 좌우에서 모시고 서왕모가 천도복숭아를 바칠 만합니다. 이 때문에 두보의 문장은 온갖 문체를 다 갖추었다고 할 수 있는 것이지요. 그러나 굳이 이백과 비교한다면 그것은 마치 하늘과 땅을 비교할 수 없고 강이 바다와 다른 것과도 같습니다. 왕유와 맹호연에 비교한다면 두보가 수레를 몰아 앞서 달리고

---

∞ 한 무제(漢武帝, 기원전 156~87년) ─ 중국 전한의 제7대 황제로, 진시황제 · 강희제 등과 더불어 중국의 가장 위대한 황제 가운데 한 사람으로 꼽는다.

∞ 미앙궁(未央宮) ─ 중국 한나라 때의 유명한 궁전.

∞ 장문부(長門賦) ─ 한 무제 때 진황후가 장문궁으로 쫓겨나자 사마상여(司馬相如)에게 황금 백 근을 주그 짓게 한 글. 한 무제는 이「장문부」를 보고 깨달은 바가 있어 다시 진황후를 총애했다고 한다.

∞ 봉선서(封禪書) ─ 사마천(司馬遷)이 지은 역사서인『사기(史記)』의 한 부분.

∞ 동방삭(東方朔) ─ 한 무제 때 벼슬을 했던 인물로, 서왕모의 천도복숭아를 훔쳐 먹고 삼천갑 자를 살았다는 전설이 있다.

∞ 서왕모(西王母) ─ 곤륜산에 산다는 중국 신화 속의 여신. 불사약인 천도복숭아를 가지고 있다고 한다.

*왕유(王維) ─ 당나라의 시인.

왕유와 맹호연이 채찍을 잡고 길을 다투는 격입니다."

"내 그대의 말을 들으니 가슴이 확 트이며, 긴 바람을 타고 태청궁에 오른 것처럼 황홀하구나. 그러나 두보의 시는 천하의 뛰어난 문장이라, 설령 악부에 부족한 점이 있다 하더라도 왕유나 다투겠는가? 자, 이 이야기는 여기서 잠시 접어 두고 또 시 한 수를 더 읊어 이 집을 더욱 빛내 주게."

진사는 즉시 시 한 수를 지어 읊었지.


연기 흩어진 금빛 연못에 이슬 기운 차가운데
　　　하늘은 강물처럼 푸르고 밤은 길기만 하네.
잔잔히 부는 바람은 뜻이 있어 주렴을 걷고
　　　　흰 달은 다정히 작은 방에 깃드네.
뜨락엔 소나무 그림자 길게 드리우고
잔 속의 술 일렁이니 국화 향기 맴을 도네.
완공이 비록 젊으나 자못 술을 즐길 수 있으니
술 항아리 사이에서 취한 광기를 괴이히 여기지 말라.


대군께서는 감탄을 금치 못하더니 앞으로 다가앉으며 진사의 손을 잡고 말씀하셨어.

---

∞ 악부(樂府) ─ 한시(漢時) 형식의 하나로, 글귀에 장단이 있다.

∞ 완공(阮公) ─ 중국 위나라의 선비인 완적(阮籍, 210~263). 술을 매우 좋아하고 거문고를 잘 탔다. 정치에 등을 돌리고 자연 속에서 풍류를 즐기며 세월을 보낸 죽림칠현(竹林七賢)의 한 사람이다.

"자네는 분명 이 세상의 선비가 아닌 듯하네. 나로서는 시가 어떻다고 말할 수가 없네. 문장이 능숙할 뿐만 아니라 신비롭기까지 하니 하늘이 그대를 이 땅에 태어나게 한 것이 우연은 아닐 걸세."

대군은 또 김 진사에게 초서를 써 보게 하셨지. 그런데 진사가 붓을 휘날릴 때 내 손가락에 먹물이 한 방울 잘못 떨어졌단다. 그것이 자못 영광스러워 닦지 않고 내버려 두었더니 궁녀들이 다들 미소를 짓더구나. 밤이 깊어지니까 대군은 피곤하신 듯 기지개를 켜면서 말씀하셨어.

"내가 오늘 취했으니 그대도 물러가 쉬도록 하라. '내일 아침 뜻 있거든 거문고 안고 오게.'라는 시구도 있으니 내일 아침에 다시 찾아오게나."

이튿날 대군은 진사의 시를 다시 음미하면서 말씀하시더구나.

"김 진사의 시는 가히 성삼문과 견줄 만하다. 속된 티가 없이 맑고 곧은 태도는 오히려 성삼문보다 뛰어나도다."

김 진사를 처음 만난 그날부터 나는 누워도 잠을 이루지 못하고, 밥을 먹어도 밥맛이 없고, 마음이 어지러워서 어쩔 줄을 몰랐어. 날마다 멍하게 창밖을 보거나 작은 소리에도 혹시나 하는 마음에 두근두근 놀라곤 했지.

이야기를 마친 저는 자란에게 서운한 듯 물었습니다.

"그런데 너는 그걸 전혀 모르고 있었니?"

"난 그 일을 까맣게 잊고 있었단다. 네 말을 듣고 보니 이제 술이 깬 것처럼 희미하게 생각이 나. 그동안 너 혼자서 얼마나 속앓이를 했을까……."

# 한문 소설은 독특해!

『운영전』에는 등장인물들이 자신의 심정을 시로 지어 드러내는 장면이 자주 나옵니다. 소설에 시가 많이 나오다니 참 이상한 일이지요? 소설에 시가 자주 쓰인 것은 고전 소설, 그중에서도 특히 한문 소설에서 즐겨 사용되었던 문학적 방식이었습니다. 우리나라 최초의 소설『금오신화』에도 시가 여러 차례 나오는 것을 볼 수 있습니다. 그렇다면 한문 소설에 시가 자주 나오는 까닭은 무엇일까요?

그리고 소설은 어차피 허구인데『운영전』에서 굳이 꿈이라는 장치를 써서 이야기를 풀어 나간 까닭은 무엇일까요?

## 정서와 분위기를 섬세하고 풍부하게

현대 소설은 등장인물의 심리나 배경을 대부분 직접 묘사하는 기법을 썼습니다. 그러나 고전 소설, 특히 한문 소설은 등장인물이 느끼는 정서와 상황의 분위기를 직접적으로 묘사하기보다 시를 통해 간접적으로 표현함으로써 오히려 더욱 섬세하고 풍부하게 드러내는 기법을 활용했습니다. 운영과 김 진사도 서로에 대한 사랑과 그리움을 말로 다 표현하기 어려울 때 시를 지어 편지와 함께 보내기도 했지요.

## 인물의 됨됨이와 성격을 뚜렷하게

한문 소설에서 등장인물이 짓는 시는 그 인물의 문학적 능력과 소양이 얼마나 뛰어난지 보여 주는 장치로도 사용됩니다. 수성궁의 궁녀들이 처음 등장하는 장면에서 궁녀들은 자신이 지은 시를 선보입니다. 이 시를 통해 궁녀들이 모두 남자 못지않은 뛰어난 인재이며, 시의 내용을 통해 어떤 성격의 사람인지 짐작해 볼 수 있습니다. 그리고『운영전』의 작가 또한 글재주가 예사롭지 않다는 것을 추측해 볼 수 있는데, 작가가 자신의 글솜씨를 은근히 뽐내고 싶었는지도 모를 일입니다.

## 꿈, 현실에서는 살아 볼 수 없는 삶을 위하여

『운영전』은 수성궁에 놀러 갔던 선비가 깜빡 잠이 들었다가 꿈속에서 만난 사람들의 이야기를 듣고 다시 깨어나는 형식을 갖추고 있습니다. 이처럼 꿈속의 사건이 이야기의 중심이 되는 구조 역시 한문 소설에서 자주 사용되었습니다. 이러한 형식의 소설은 현실, 꿈을 꾸게 되는 입몽(入夢), 꿈에서 깨어나는 각몽(覺夢)의 구조로 이루어져 있습니다.

### 꿈속의 삶

『구운몽』의 주인공 성진은 꿈에서 양소유로 태어나 남자로서 누릴 수 있는 행복을 모두 누리게 됩니다. 꿈이라는 장치는 현실에서는 경험할 수 없는 또 다른 삶, 말 그대로 '꿈같은 삶'을 살아갈 기회를 주인공에게 줍니다. 덕분에 주인공은 꿈을 통해 간접 경험을 하고 깨달음을 얻습니다.

가난하고 외로운 선비 유영은 꿈에서 만난 운영과 김 진사의 이야기를 통해 화려하고도 낭만적인 삶을 경험하게 되었습니다. 꿈에서 깨어난 유영은 과연 어떤 깨달음을 얻게 되었을까요?

### 꿈속의 말

'몽유록(夢遊錄)'이라는 제목을 가진 한문 소설은 여러 편 있습니다. 이런 한문 소설들의 내용은 대개 주인공이 꿈속에서 저세상 사람들을 만나 어떤 주제에 대해 토론하다 깨어나는 것입니다. 작가가 현실을 비판하는 내용을 소설에 담을 때 자신의 입으로 직접 하기 힘든 말을 꿈속에서 그것도 죽은 자들의 입을 빌려 하게 하는 것입니다. 원자허(元子虛)라는 인물이 꿈에서 단종과 사육신을 만나 왕위를 찬탈한 세조를 비판하는 『원생몽유록(元生夢遊錄)』이 대표적인 예인데, 『운영전』도 억압적인 사회 질서에 대한 비판을 담고 있지요.

# 그리움에 잠 못 드는 밤

그 뒤로 대군께서는 자주 진사님을 만나셨지만 저희들과는 만나지 못하게 하셨습니다. 그래서 저는 늘 문틈으로 엿볼 수밖에 없었지요. 그러다가 어느 날 고운 종이에 시를 한 편 썼습니다.

베옷 입고 가죽띠 두른 선비
　　　옥 같은 그 얼굴 신선과 같구나.
날마다 주렴 사이로 건너다보건만
어 찌 하 여　월하의 인연 맺지 못하나.
얼굴 씻으면 눈물은 물줄기 되고
거문고 타면 한은 곡조를 따라 우네.

한 없 는 원 망 가 슴 속 에  품 은 채
머 리 들 어  혼 자 서  하 늘 에 하 소 연 하 네.


시를 쓴 종이와 금비녀 한 쌍을 함께 싸서 정성스레 열 번을 봉한 다음 진사님에게 제 마음을 전하려 하였으나 마땅한 방법이 없었습니다. 그런데 달빛이 환하던 어느 날 저녁, 대군께서 술잔치를 크게 벌이고 진사님이 지은 시 두 수를 손님들에게 보여 주며 글재주를 칭찬했습니다. 진사님의 시를 읽어 본 손님들은 모두들 칭찬해 마지않으며 진사님을 한번 만나 보고 싶어했습니다. 대군께선 곧 사람과 말을 보내 진사님을 모셔 왔어요.

얼마 후 진사님이 오셨는데 얼굴이 창백하고 수척해져서 옛날의 모습과는 전혀 딴판이었지요. 대군께서 크게 걱정하며 진사님의 안부를 물으셨습니다.

"그대는 아직 나라를 걱정할 나이가 아닌데 연못가를 거닐며 시를 읊느라 그토록 수척해졌는가?"

그 말에 손님들은 모두 크게 웃었고, 진사님은 자리에서 일어나 절을 하며 이렇게 말했습니다.

"저같이 미천한 선비가 뜻밖에 대군의 사랑을 받아 복이 지나쳤는지 병에 걸렸습니다. 그래서 먹지도 마시지도 못하고 움직이지도 못해 남에게 의지하며 지내다가 대군께서 다시 부르셔서 부축을 받고 겨우 찾아뵈었습니다."

---

∞ 월하의 인연 ― 부부의 인연을 맺어 준다는 월하노인(月下老人)이 맺어 준 인연.

진사님의 말을 들은 손님들은 모두 웃음을 거두고 예의를 갖추더니 걱정 어린 눈빛을 보냈습니다. 나이 어린 진사님이 맨 끝자리에 앉았는데, 저와는 겨우 벽 하나를 사이에 두고 있을 뿐이었습니다.

　밤이 깊어지자 손님들은 모두 한껏 취했습니다. 저는 벽을 뚫어 조그만 구멍을 내고는 들여다보았지요. 진사님도 제 뜻을 아셨는지 구석으로 돌아앉더군요. 제가 편지를 구멍으로 던지자 얼른 주워 품에 감추고는 집으로 돌아가셨습니다. 진사님은 집에 돌아가 제 편지에 담긴 시와 사연을 읽어 보고 서러움을 이기지 못하여 편지를 손에서 놓을 수 없었다 합니다. 그리운 마음이 예전보다 더해져 몸을 가눌 수 없을 정도였답니다. 그리고 바로 답장을 써 보내려 했는데, 전할 방법이 없어 날마다 슬픔과 탄식에 잠겨 지내셨다 합니다.

다
섯

# 무녀의 유혹에도
# 편지는 전해지고

그러던 중 진사님은 동문 밖에 사는 무녀 소식을 들었답니다. 영험
하기로 소문나 수성궁에도 드나들면서 대군의 신임을 얻고 있던
무녀였어요. 진사님은 그 무녀를 찾아갔지요. 그런데 그 무녀는 나
이가 서른도 되지 않은 과부로, 얼굴도 예뻤지만 남자를 좋아하고
밝힌다는 소문이 자자했습니다. 젊고 잘생긴 선비가 들어오는 것
을 본 무녀는 무척 들떠서 좋은 술과 안주를 급하게 차려 내놓았습
니다. 그리고는 거듭거듭 술잔을 권하는 것이었습니다. 진사님은
술잔을 들었다가 이렇게 둘러대고는 자리를 떠났다 합니다.
　"오늘 급히 해야 할 일 때문에 바쁘니 내일 다시 오겠소."
　다음 날 다시 진사님이 찾아가자 무녀는 전날처럼 후하게 대접하

더랍니다. 진사님은 그날도 부탁을 하지 못하고 또 내일 다시 오겠다고만 하였습니다.

진사님이 세속에 물들지 않았다는 사실을 알게 된 무녀는 속으로 기뻐했지만, 이틀째 자기를 찾아왔다가 한마디도 않고 돌아가는 것을 이상하게 여겼습니다. 무녀는 젊은 선비가 부끄럼을 타서 차마 말을 못한 것이라 짐작하고, 다시 찾아오면 은근히 유혹해 진사님을 붙들어 두고 잠자리를 같이하리라 다짐하였습니다.

다음 날 무녀는 목욕을 한 뒤 짙게 화장을 하고 화려한 옷으로 치장했습니다. 그러고는 꽃을 가득 수놓은 비단 이부자리를 깔아 놓고 여종에게 진사님이 오는지 살펴보게 했습니다. 진사님은 무녀를 찾아갔다가 짙은 화장에 화려한 옷을 입고 있는 것을 보고는 이상하게 여겼습니다. 그런데 무녀가 은근하게 말을 걸어왔겠지요.

"오늘 밤에 무슨 좋은 인연이 있어 이다지도 훌륭한 분을 제가 모시게 되었을까요?"

진사님은 이내 그 말의 속뜻을 알아차렸으나 무녀에게 정을 줄 마음이 없었기에 아무런 대답도 하지 않았습니다. 그저 무뚝뚝한 표정을 지으며 말없이 앉아 있자 무녀가 거듭 묻더랍니다.

"무슨 일로 과부 혼자 사는 집에 이리 자주 드나드시는지요?"

"소문을 듣자 하니 그대가 점을 잘 본다던데, 내가 찾아온 까닭을 아직도 모른단 말이오?"

무녀는 그제야 번쩍 제정신이 돌아왔는지 신령님 앞에 나가 절을 하고 방울을 흔들어 대더니 온몸을 사시나무 떨듯 부들부들 떨다가 한참 뒤에 입을 열어 이렇게 말하더랍니다.

"선비님은 정말 불쌍한 사람이구려. 이룰 수 없는 일을 이루려 하니 뜻도 이루지 못하고 삼 년 안에 저세상 사람이 될 팔자입니다."

그 말을 들은 진사님은 무녀를 붙잡고 울면서 하소연했답니다.

"자네 말이 아니어도 그럴 거라 짐작하고 있었네. 내 가슴에 맺힌 괴로움은 무슨 약으로도 고칠 수 없겠지만, 자네가 나를 도와 이 편지를 수성궁에 전해만 준다면 내 죽어도 여한이 없겠네."

"제사를 지낼 때 이따금 드나들기는 하지만, 따로 부르지 않으면 저같이 천한 무녀가 어찌 수성궁에 함부로 들어갈 수 있겠습니까. 하지만 진사님 사정이 딱하니 한번 가 보겠나이다."

무녀도 진사님의 지극한 정성에 감동한 모양이었습니다. 진사님은 품속에서 단단히 봉한 편지를 꺼내 조심스레 건네주었습니다.

"부디 들키지 않게 조심해 주게. 이 편지를 잘못 전했다가는 여러 사람이 죽게 될 것이네."

다음 날 무녀는 편지를 숨기고 수성궁으로 갔습니다. 느닷없이 나타난 무녀를 보고 모두 이상하게 여겼지만, 무녀는 궁에 서린 나쁜 기운을 쫓으러 왔다고 둘러댔습니다. 틈을 엿보던 무녀는 사람이 없는 곳으로 저를 데리고 가 진사님의 편지를 전해 주었지요. 황급히 방으로 달려온 저는 방문을 잠그고 편지를 읽었습니다.

짧게 주고받은 눈길로 인연을 맺은 뒤 이내 마음 들뜨고 넋을 잃어
날마다 수성궁 바라보며 얼마나 애간장을 태웠는지요.
벽 사이로 그대가 전해 준 사연을 받고는 마음이 떨려
펼쳐 보기도 전에 가슴이 막히고, 절반도 채 읽지 못해 눈물이 글자를 적셔
버려 사연을 다 읽을 수 없었습니다.
그 뒤로는 누워도 잠을 잘 수 없고 밥을 먹어도 목구멍으로 넘어가질 않으니

나날이 병만 깊어 갈 뿐 그 어떤 약도 효험이 없습니다.
저승이 눈앞에 보이는 것만 같습니다.
　　　　소원이 있다면 그대를 단 한 번이라도 보는 것,
하느님이 나를 불쌍히 여겨 살아생전에 이 소원을 들어준다면
내 몸을 부수고 뼈를 가는 한이 있더라도 하늘에 제사를 지내리다.
답장을 쓰다가도 이렇게 서러워 목이 메니 무슨 말을 더 하오리까.
예의도 차리지 못하고 서둘러 적나이다.


애절한 사연 뒤에는 시도 한 수 적혀 있었습니다.


깊고 깊은 누각에 사립문도 닫힌 저녁
　　　　나무 그늘과 구름 그림자 모두 흐릿하여라.
흐르는 물에 떨어진 꽃잎은 실개울에 실려 가고
　　　　어린 제비 흙을 물고 처마 끝에 돌아가네.
베개에 기대도 이룰 수 없는 나비의 꿈
공연히 눈을 돌려 오지 않을 소식 기다리네.
옥 같은 얼굴 눈앞에 어른거리는데 어찌 말이 없는가
푸른 숲 꾀꼬리 소리에 눈물이 옷깃을 적시네.


　마지막 시구를 읽고 나자 갑자기 사방의 온갖 소리가 끊긴 듯 먹먹해졌습니다. 놀라워서 말은 나오지 않았고 눈물만 흐르고 흐를 뿐…… 눈물이 다하자 뒤이어 피가 흘러나왔습니다. 혹시 다른 사람들에게 들킬까 봐 저는 병풍 뒤에 숨은 채로 두려움에 몸을 떨었습니다.

그 뒤로는 한시도 진사님을 잊을 수 없었습니다. 저는 영락없이 바보나 미치광이가 된 듯하였어요. 그런 제 마음이 얼굴과 말에 드러나자 다들 저를 이상하게 여기기 시작하더군요. 자란 역시 마음속에 상처가 있었던지라, 제 사정을 듣고는 눈물을 흘렸습니다.

"시는 마음에서 나오는 것이라더니 과연 감출 수가 없구나."

그러던 어느 날, 대군께서 비취를 불렀습니다.

"열 명이 한방에서 지내니 공부에만 마음을 쓰기 어려울 것이다. 다섯 명은 새로 지은 서궁(西宮)으로 방을 옮기도록 하여라."

그리하여 저는 자란 · 은섬 · 옥녀 · 비취와 함께 서궁으로 방을 옮겼습니다. 옥녀가 짐을 정리하면서 말하더군요.

"그윽한 꽃, 고운 풀, 흐르는 물, 향기로운 수풀이 있어 책을 읽기에는 더없이 좋은 곳인 것 같지 않니?"

"우리가 도를 닦는 것도 아니고 비구니도 아닌데, 이렇게 깊은 궁에 갇혀만 있으니 여기는 장신궁이나 다름없어."

제가 한숨을 지으며 대답하자 다들 울적한 표정을 지었습니다.

서궁에 머물 적에도 저는 날마다 답장을 써서 진사님께 전할 기회만을 고대했습니다. 진사님도 무녀를 정성껏 대접하며 저에게 편지를 전해 달라고 간절하게 부탁했지만 끝내 부탁을 들어주지 않았답니다. 자기가 좋아하는 진사님의 마음이 저에게 있다는 것이 못내 불쾌해 그랬던 것 같습니다.

---

∞ 장신궁(長信宮) — 중국 한나라 때 궁전으로, 주로 황제의 어머니인 태후가 살았다. 궁궐 안 여인의 외로움과 그리움을 그린 한시의 배경이기도 하다.

# 비단옷 빨래 가는 날

어느 날 저녁, 자란이 제게 조심스럽게 말을 건넸습니다.

"궁 안 사람들은 해마다 한가위 무렵에 탕춘대 아래에 있는 개울에서 빨래를 하고 술자리도 벌인단다. 올해 그걸 소격서동에서 한다면 오가는 길에 그 무녀를 찾아가 볼 수도 있지 않을까?"

진사님을 만날 방법이 달리 없었던 저에겐 단비처럼 기쁜 소식이었습니다. 그 뒤로 하루를 일 년처럼 한가위를 기다리고 또 기다렸습니다. 그런데 그 말을 엿들은 비취가 시치미를 떼며 저에게 묻더군요.

"처음 궁에 들어올 때는 네 얼굴빛이 배꽃 같아서 화장을 하지 않아도 아리땁더니, 요사이는 대체 무슨 일 때문에 얼굴빛이 그렇게 좋지 않은 거니?"

"원래 몸이 허약해서 여름이면 늘 더위를 먹는데, 아침저녁으로 서늘해져 오동잎이 떨어지면 그때부터는 조금 나아질 거에요."

비취는 그 말을 듣더니 저를 놀리는 시를 한 편 지어 읊었습니다. 저를 조롱하는 시였지만, 뜻과 생각이 비할 데 없이 묘했습니다. 저는 비취가 놀리는 것이 몹시 부끄러우면서도 비취의 글재주에 감탄하였답니다.

그럭저럭 세월은 흘러 어느새 가을이 창틈으로 배어들었습니다. 옷깃 사이로 서늘한 바람이 파고들었고, 고운 국화는 금빛 꽃을 피웠으며, 풀숲의 벌레는 청아하게 노래했고, 흰 달은 더욱 곱게 단장을 했습니다. 저는 드디어 가을이 온 것이 기뻤지만 겉으로 기쁜 기색을 드러내진 않았습니다. 그런데 어떻게 눈치챈 것인지 은섬이 이런 말을 툭 던지지 않겠어요?

"편지를 건네기 좋은 날이 머지않았으니, 인간 세상의 즐거움이 어찌 천상의 즐거움과 다르리오?"

그 말을 들은 저는 더 이상 서궁 사람들을 속일 수 없다는 것을 깨닫고 다른 궁녀들에게 속마음을 모두 털어놓으며 사정했지요.

"제발 남궁 사람들만은 알지 못하게 해 주려무나."

가을이 깊어지자 기러기는 남쪽을 향해 날아갔고 아침저녁으론 구슬처럼 영롱한 이슬이 풀잎마다 맺혔습니다. 드디어 비단옷을 맑은 시냇물에 적셔 빨래할 때가 된 것이지요. 서궁과 남궁의 궁녀들은 머리를 맞대고 일 년에 오직 한 번 찾아오는 나들이 갈 날짜와 장소를 정하려고 했으나 서로 의견이 맞지 않았습니다.

"탕춘대 아래보다 물이 맑고 흰 돌이 많은 곳은 없단다."

남궁 사람들이 저렇게 주장하면 서궁 사람들은 이렇게 되받았습니다.

"소격서동의 경치도 탕춘대 못지않은데 왜 예전에 가 봤던 곳만 고집하는 거야?"

남궁 궁녀들과 서궁 궁녀들의 말싸움은 끝나지 않을 것 같았습니다. 소격서동으로 가고 싶어 하는 서궁의 사연을 남궁 사람들이 알 리 없으니 당연한 것이지요. 남궁 궁녀들이 끝내 고집을 꺾지 않아 결국은 어디로 갈지 결정을 내리지 못하고 말았습니다.

그날 밤, 영리한 자란이 꾀를 하나 냈습니다.

"소옥 언니 마음만 돌리면 남궁 사람들은 탕춘대를 고집하지 않을 거야. 나한테 좋은 수가 있으니 기다려 봐."

등불을 앞세우고 남궁으로 찾아간 자란을 금련이 먼저 나와서 반갑게 맞아 주었다더군요.

"우리가 남궁과 서궁으로 갈라진 뒤 진나라와 초나라처럼 사이가 멀어졌는데, 뜻밖에 이렇게 찾아와 주니 정말 반갑고 고맙구나."

그런데 옆에 있던 소옥이 빈정거렸습니다.

"고맙긴 뭐가 고맙다는 거냐? 애는 우릴 설득하러 온 걸 텐데……."

그러자 자란이 정색을 하더니 옷깃을 가다듬고 소옥에게 말했지요.

"언니는 남의 속마음을 잘 알아맞히는 모양이지요? 그런데 설득하러 왔다니 뭘 설득한다는 말인가요?"

"서궁에서는 소격서동으로 가자고 했는데 내가 고집을 부려 거기로 가지 못하게 되었잖아. 그런데 이 밤중에 우릴 찾아왔으니 소격서동으로 가자고 설득하러 온 게 아니면 무어란 말이냐? 자, 어디 하고 싶은 말이나 한번 해 보렴."

"서궁 사람들 중에서 소격서동으로 가자고 하는 사람은 실은 나 혼자뿐이에요."

"그래? 무엇 때문에 혼자만 그러는 거냐?"

"소격서동은 옛날에 옥황상제께 제사를 드리던 곳으로 삼청동이라 부르기도 한다는군요. 우리 열 사람은 천상에 있다는 삼청궁에서 선녀로 살다가 죄를 지어 인간 세상에 귀양을 온 게 아닐까요? 속세로 쫓겨 왔으니 어디서 살든 상관은 없지만 겹겹이 막아 놓은 궁궐에 새장 속의 새처럼 갇혀 있으니, 꾀꼬리 소리를 들어도, 푸른 버들잎을 봐도 한숨을 쉬게 되고 짝을 지어 정답게 나는 제비나 마주 앉아 꾸벅꾸벅 조는 산비둘기만 봐도 외로워지는 걸 어쩌겠어요. 들에서 자라는 풀에도 합환초가 있고 나무에도 연리지가 있어요. 미물인 새와 무지한 초목조차 음양이 있어 즐거이 지내는데, 우리는 무슨 죄가 이다지도 커서 적막한 궁궐에 갇혀 살면서 꽃이 피는 봄과 달이 뜨는 가을에도 그저 등불만 바라보며 마음을 숨기고 청춘을 썩혀야 하는 건가요? 사람은 한번 늙고 나면 다시는 젊어질 수 없는 법. 그 생각만 하면 슬픔으로 가슴이 무너지는 것만 같아요. 그러니 일 년에 딱 한 번뿐인 이런 좋은 기회에 맑은 시냇물로 몸을 정결하게 하고 옥황상제를 모신 태을사에 가서 머리가 땅에 닿도록 백 번이라도 절하며 두 손 모아 빌고 또 빌어 우리 죄를 용서받을 수 있다면, 그래서 다시 태어나서는 이런 외로움에서

---

∞ 합환초(合歡草) — 낮에는 잎들이 좌우로 나뉘어 있다가 밤이 되면 합쳐져 하나가 되는 식물.
∞ 연리지(連理枝) — 두 나무의 가지가 서로 맞닿아서 결이 서로 통한 것.

벗어날 수 있다면 얼마나 좋겠어요? 그래서 소격서동으로 가자고
한 것이지 다른 뜻은 없답니다. 우리 열 명은 그동안 친자매처럼
정을 나누며 다정히 지냈는데 이런 일로 의심해서야 되겠어요? 제
가 까닭 없이 고집을 피우는 것은 아니니 부디 헤아려 주세요.”

　소옥은 시비를 따지려 했다가 오히려 자란의 말에 감동을 받은
듯하였습니다.

　“내가 생각이 짧아 네 마음을 미처 헤아리지 못했구나. 소격서동
으로 갈 수 없다고 반대한 것은 그 근처에 나쁜 사람들이 많다는
소문을 들어서 혹시 우리가 욕을 당하지 않을까 걱정해서 그런 거
란다. 이제 네 깊은 뜻을 알았으니, 앞으로는 밝은 대낮에 구름을
타고 하늘에 올라간다거나 강물이나 바닷물 속으로 걸어 들어간다

고 하더라도 네 말을 따를 것이다."

　그런데 부용이 소옥과 자란에게 불만을 내비치는 것이었지요.

　"무릇 일이란 마음이 정해지는 대로 따라야 되는데 이번 일은 그렇지 않은 것 같구나. 지난번에 서로 의견을 말할 때 마음을 정하지 못해 밤새도록 논쟁을 벌이고서도 결정을 내리지 못한 것은 순리를 따른 것이 아니요, 궁궐에서 일어나는 일을 대군께 알리지 않고 몰래 모의한 것은 충(忠)에 어긋나는 것이며, 낮에 다투던 일을 밤이 깊어지기도 전에 뒤바꾼 것은 신의를 잃는 것이다. 게다가 가을철엔 어디든 옥같이 물이 맑은데 제단이 있다는 까닭만으로 소격서동에 가야 한다는 것도 이해하기 어렵구나. 또 비해당 앞의 개울도 물이 맑고 돌도 반듯해 작년에도 거기서 빨래를 했는데 갑자기 왜 다른 데로 바꾼다는 거냐? 다른 사람들은 다 소격서동으로 가더라도 나는 그러지 않겠다."

　막내인 보련 또한 똑 부러지는 목소리로 말했습니다.

　"예로부터 말은 몸을 빛내는 도구라고 하였습니다. 말조심을 하면 복이 생기고, 그러지 않으면 화도 생기는 것이지요. 그래서 예로부터 제일 조심해야 할 것이 말이라고 하지 않았어요? 언니들의 대화를 들어 보니 자란 언니에게는 뭔가 숨겨진 뜻이 있는 것 같고, 소옥 언니는 자란 언니를 인정하지 않으면서도 마지못해 따르는 듯하고, 부용 언니는 말을 꾸미는 데만 힘쓰고 있으니, 누구도 제 뜻과는 맞지 않습니다. 그러니 저는 이번 행차에는 가지 않겠습니다."

　그러자 옆에 있던 금련이 끼어들었습니다.

　"오늘 밤에도 결국 결론을 내리지 못했으니 내가 점을 쳐서 하늘의 뜻을 알아보마. 서로 화해하고 잘 지낼 수 있으면 좋으련만……."

말끝을 흐린 금련은 『주역』을 펴 놓고 점을 치더니 점괘가 나오자 이렇게 풀이하였습니다.

"내일 운영은 틀림없이 한 남자를 만날 것이다. 운영의 생김새와 행동이 보통 사람들과는 사뭇 달라 대군께서 오랫동안 마음을 주셨으나 운영은 저를 보살펴 주신 대군 부인의 은혜를 생각하여 죽음을 각오하고 대군의 뜻을 거역하고 있고, 대군 또한 운영의 마음에 상처를 남기게 될까 걱정스러워 짐짓 모른 체하셨다. 운영은 이제 쓸쓸한 곳을 떠나 화려한 곳으로 가려고 하니 장안의 호탕한 젊은 선비들은 운영의 아름다움에 반해 넋을 잃고 괴로워할 것이요, 운영의 곁에 다가가지는 못하더라도 운영을 가리키며 눈짓을 보낼 것이니 이보다 더 수치스러운 일이 어디 있으며 이보다 더 대군을 욕되게 하는 일이 어디 있겠느냐? 전에 대군께서 우리들에게 궁 밖으로 나가거나 바깥사람이 우리들의 이름을 알면 죽게 될 것이라고 하셨으니 나도 이런 행차에는 따라갈 수 없다."

자란은 일이 글렀다는 것을 알고 수심에 잠긴 얼굴로 인사를 하고는 자리에서 일어나려고 했습니다. 그런데 비경이 울면서 자란의 허리를 안고 억지로 붙잡아 앉히는 것이었습니다. 그리고는 술잔에 술을 따라 자꾸 권했고, 다른 궁녀들도 모두 술잔을 들었지요. 서로 헐뜯고 다투기는 했지만 가슴 깊숙한 곳에 묻어 두었던 슬픔은 다들 똑같았을 테지요. 한참 동안 말없이 술잔만 기울이다

---

∞ 주역(周易) — 유학의 다섯 가지 경서 가운데 하나로, 길흉화복을 점치는 데 사용되었다.

가 금련이 먼저 입을 열었습니다.

"오늘 밤에는 조용히 마치려고 했는데, 비경이 넌 왜 울음을 터뜨린 것이냐?"

비경이 대답했습니다.

"전에 남궁에서 운영과 함께 지낼 때는 서로 친해서 생사를 함께 하자는 약속을 했는데, 사는 곳이 달라졌다고 어찌 그 약속을 잊을 수 있겠니? 며칠 전 대군께 문안 인사 드릴 때 운영을 보니 살이 빠져 손은 더 가늘어졌고 얼굴빛은 더 파리해졌으며 목소리도 작아 들릴락 말락 하더구나. 심지어는 일어나 절을 하다가 힘없이 넘어져 내가 부축해 주기까지 했어. 하도 딱해 위로하는 말을 했더니 '불행히도 죽을병을 얻어 앞날을 기약할 수 없게 되었는데, 나같이 천한 목숨이야 죽어도 애석할 것 없지만 앞으로 너희들의 글재주가 일취월장해 빛나는 시로 세상을 놀라게 하는 것을 보지 못할 테니 너무나 슬프다.' 하더구나. 운영의 말이 하도 애통해서 절로 눈물이 나더라. 지금 다시 생각해 보니 운영의 병은 임을 그리워한 것이었구나. 아! 자란이야말로 운영의 진정한 벗이야. 하지만 곧 죽게 된 사람을 제단 위에 올려놓으러 가자고 하는 줄 알면서도 운영을 데리고 가는 것은 너무나 두려운 일이야. 이 계획이 이뤄지지 못하면 운영은 저승에 가서도 편히 눈을 감지 못하겠지. 오늘 우리의 이 의논은 선한 것인가, 악한 것인가? 아! 이를 어찌하면 좋단 말이냐!"

맏언니인 소옥이 단호한 표정으로 결심한 듯 입을 열었습니다.

"나는 이미 가겠다고 했고 다른 몇 사람도 가기로 하였다. 그러니 어찌 도중에 그만두겠느냐? 나는 두말 않고 운영을 위해 죽을 것이니 너희들도 빨리 마음을 정하도록 해라."

자란이 자리를 털고 일어서며 무척 실망한 어투로 이렇게 말했습니다.

"따르겠다는 사람이 반이요, 따르지 않겠다는 사람이 반이니 안타깝게도 한마음으로 뭉치지는 못하겠네요."

자란은 방문을 열고 나가다가 힐끗 뒤를 돌아보았습니다. 눈치가 빠른 자란은 자기를 따라 나오는 궁녀들의 얼굴에서 함께하고 싶기는 하지만 이랬다저랬다 하기가 겸연쩍어 망설이는 표정을 재빨리 알아차렸습니다. 목소리를 가다듬은 자란이 조용히 말했지요.

"세상사에 바른길만 있는 게 아니고, 비록 그릇된 방법이라도 뜻만 올바르다면 그 또한 결국엔 바른길이 되는 거예요. 그런데 어찌 바른길로 갈 것은 생각하지 않고 말을 바꿔 체면이 상하는 일만 걱정한단 말입니까?"

자란의 말에 모든 궁녀들이 비로소 고개를 끄덕였다는군요.

"옛날에 소진이란 사람이 말로써 여섯 나라를 뭉치게 했다더니 오늘은 자란이 우리 다섯을 설득했구나. 과연 훌륭한 말솜씨로다!"

비경의 칭찬을 들은 자란은 미소를 지으며 이런 농담을 던졌답니다.

"그 때문에 소진은 여섯 나라의 재상 자리를 차지하게 되었는데 제게는 무엇을 주실 건가요?"

---

∞ 소진(蘇秦) ─ 중국 춘추 전국 시대에 뛰어난 외교술로 연나라와 조나라 등 여섯 나라의 힘을 모아 진나라에 대항하는 데 성공했다.

"여섯 나라가 힘을 모은 것은 여섯 나라 모두에게 이익이 되니 그리한 것이지만 오늘 우리가 마음을 하나로 합친 것이 우리에게 무슨 이익이 된다고 그러느냐?"

금련이 재치 있게 말대꾸를 하자 서로 쳐다보며 오랜만에 크게 웃었답니다.

"남궁 사람들이 다들 마음이 고와 죽어 가는 운영을 살렸으니 그저 고마울 뿐입니다."

자란은 자리에서 일어나 예를 갖추어 절을 올렸고 소옥도 일어나서 마주 절했습니다. 자란은 마지막으로 말다짐을 해 두었습니다.

"다섯 사람 모두 따르기로 한 겁니다. 위에서는 하늘이 보고 아래서는 땅이 보았고 이 촛불이 보았고 귀신 또한 보았으니 내일 다른 말이 나오지는 않겠지요?"

서궁으로 돌아온 자란이 제게 이 이야기를 전해 주었습니다. 저는 황망히 일어나 큰절을 올리며 몇 번이고 자란에게 고마운 마음을 전하였습니다.

"자란아, 나를 낳아 준 사람은 부모님이지만 나를 살려 준 사람은 바로 너란다. 내가 죽어서 땅에 묻히기 전에 맹세코 이 은혜를 갚을게."

# 우리 **궁녀**들이
## 한가하게 시를 지을 틈이
### 어디 있겠사옵니까?

宮女

안평대군은 나이가 어리고 아름답게 생긴 궁녀 열 명을 뽑아
학업에 전념하게 합니다. 그래서 열 명의 궁녀들은 깊은
학식과 뛰어난 글재주를 갖추게 되지요. 그런데 궁녀들의
이런 모습은 어디까지나 소설 『운영전』에만 해당되는 것일 뿐,
실제 궁녀들의 생활상은 전혀 달랐습니다.

**상궁** 옥색 저고리,
남색 치마에 당의를
덧입고 용이나 봉황새
모양의 장식품 첩지를
썼다.

**견습 나인** 머리에
댕기를 드리고 노랑
저고리에 남색 치마
를 입었다.

## 궁녀는 누구를 말할까?

조선 시대의 궁녀는 왕족을 제외한 궁중에 사는 모든 여성을
뜻하는 말로, 정5품부터 종9품까지 품계를 받고 궁에서 각자의
소임을 다하던 여성과 이들 밑에서 '무수리'나 '각심이' 등으로
불리며 품계 없이 잔심부름을 하던 여성까지도 아울러 부르는
것이었습니다. 그러나 흔히 궁녀라고 할 때는 품계를 받고
'상궁'이나 '나인'이라 불리던 여성을 가리켰습니다. 궁녀가
되려면 대개 4~13세 정도의 어린 나이에 입궐하여 견습 나인
(애기 나인)이 되어야 했습니다. 견습 나인이 되면 자신이 속한
부서의 상궁들의 보살핌을 받으며 궁궐의 예의범절을 배우고
업무에 필요한 기술들을 익히면서 언해본을 읽는 등의 글공부를
하기도 했습니다. 그러다가 정식으로 나인이 되면 각자의
부서에서 일했으며 입궐한 지 30~35년 정도 지나면 궁녀들의
지도자라 할 수 있는 상궁이 될 수 있었습니다.

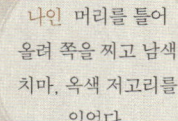

## 궁녀들은 무슨 일을 했을까?

궁녀는 궁궐의 살림을 도맡아서 했는데, 소속 부서에 따라
업무가 달랐답니다. 부서에 따라 지위도 달랐고, 복장도
달랐습니다. 지밀 · 침방 · 수방에 속한 궁녀는 양반 부녀자처럼
치마를 왼쪽으로 여며 입었고 앞치마를 두르지 않았습니다.
다른 부서에 속한 궁녀는 하인처럼 치마를 바로 입고 앞치마를
둘렀으며 일하기 편하도록 짧게 걷어 올렸다고 합니다.

| 소속 부서 | 업무 |
| --- | --- |
| 지밀(至密) | 왕과 왕비의 침실을 담당 |
| 침방(針房) | 의복을 만드는 일과 각종 바느질을 담당 |
| 수방(繡房) | 의복과 침구, 장식품 등에 수를 놓는 일을 담당 |
| 내소주방(內燒廚房) | 수라상을 담당 |
| 외소주방(外燒廚房) | 차와 잔칫상을 담당 |
| 생과방(生果房) | 음료와 과자를 만드는 일을 담당 |
| 세답방(洗踏房) | 의복과 침구의 빨래, 다림질 및 뒷손질 담당 |

## 궁녀들도 월급을 받았을까?

궁녀들은 대체로 하루 근무하면 다음 날은 쉬는 격일제 근무를
했습니다. 그러고는 쌀이나 명주, 무명 같은 옷감 등을 보수로
받았는데, 조선 후기에는 궁녀들에게 월급이 지급되었다고
합니다. 1926년 순종 당시에 적게는 40원부터 많게는 196원을
받았다고 합니다. 196원은 요즘 돈으로는 200만 원 정도 되는
금액입니다. 그런데 이런 정기적인 수입보다는 대궐의 경사
뒤에 포상으로 받는 하사품이 더 많았다고 합니다.

나인 머리를 틀어
올려 쪽을 찌고 남색
치마, 옥색 저고리를
입었다.

# 남몰래 담을 넘는 발소리

다음 날 아침, 궁녀들이 하나 둘 모습을 드러내어 이윽고 모두 모이자 소옥이 말했습니다.

"하늘은 맑고 물은 차니 드디어 우리가 비단옷 빨래를 할 때가 되었구나. 오늘 소격서동에 천막을 치는 것이 좋겠지?"

다들 조용히 고개를 끄덕일 뿐 다른 말은 없었어요. 저는 서궁으로 가서 가슴 가득 차 있던 슬픔과 원망을 흰 비단 치마에 한 자씩 써서 고이 접어 품에 품고는 자란과 함께 일부러 멀찌감치 뒤떨어져 출발했습니다. 얼마쯤 가다가 마부에게 다른 길로 가자고 일렀지요.

"동문 밖에 사는 무녀가 아주 신통하다고 소문이 자자하더구나. 무녀에게 내 병에 대해 물어보려고 하니 먼저 그 집으로 가자."

마부는 제 말을 믿고 무녀 집으로 가 주었습니다. 무녀를 만난 저는 간절히 애원하였습니다.

"김 진사님을 한 번만이라도 만나고 싶어 이렇게 찾아왔습니다. 저를 도와주시면 죽을 때까지 그 은혜 잊지 않겠습니다. 부디 저희 두 사람 사이에 다리를 놓아 주세요."

눈물을 흘리며 애처롭게 부탁하자 무녀도 차마 거절하지는 못하더군요. 무녀의 연락을 받은 진사님이 부리나케 달려왔지만, 막상 만나고 난 우리 두 사람은 할 말도 못한 채 한참 동안 눈물만 흘렸습니다. 갈 길이 있던 저는 진사님께 편지를 건네주며 말했습니다.

"이따 저녁 때 틈을 봐서 꼭 돌아올 테니 낭군님도 여기서 절 기다려 주세요."

다시 말을 탄 저는 급히 일행을 뒤따라갔고, 진사님은 무녀 집에 남아 제 편지를 읽었습니다. 저는 편지에 이렇게 적었지요.


일전에 무녀가 전해 준 편지를 받아 조심스레 열어 보니
옥구슬 같은 낭군님의 목소리가 흘러나왔습니다.
공손히 받들어 읽고 또 읽어 보니 슬픔과 기쁨이 차례 없이 밀려들어 마음을
가라앉힐 수 없었습니다. 바로 답장을 보내려 했으나 어디에도 전할 수 있는
길이 보이지 않았습니다. 행여 비밀이 밖으로 샐까 두려워
　　　　　그저 먼 하늘만 바라볼 뿐, 날아가려 해도 날개가 없고 야속한
궁궐의 담장은 높기만 하였습니다. 그리움이 쌓여 애가 끊어지고 넋은
희미해져 이제 죽을 날만 기다릴 따름이옵니다.

죽기 전에 짧은 편지로나마 제 평생의 남은 한을 다 풀어 보려 하니

낭군님께서는 마음 에 새 겨 두 고 두 고 기억해 주소서.

제 고향은 남쪽입니다. 부모님은 저희 형제 가운데서도 저를 유독 사랑하셔서 무엇이든 제 마음대로 하게 해 주셨지요. 나가 노는 것도 간섭하지 않으셨고, 제가 하려는 대로 맡겨 두셨습니다. 저는 숲 속과 시냇가를 쏘다니며 대나무, 매화나무, 귤나무 그늘 아래서 날마다 한가로이 노닐었지요. 아침저녁으로 이끼 낀 냇가에서 낚시하는 아이들과 소를 타고 피리 부는 목동들을 보았으며, 아름다운 산과 들의 풍경을 맘껏 보면서 자랐습니다. 행복했던 그 시절을 여기에 어찌 다 쓸 수 있겠습니까? 부모님은 제게 사람의 도리와 행실을 가르쳐 주셨고 책을 읽을 수 있도록 도와주셨으며 시도 가르쳐 주셨습니다. 그러다가 대군의 부르심을 받고 열세 살에 부모 형제와 이별하고 궁중에 들어왔습니다.

처음에는 날마다 집으로 돌아갈 생각만 하였답니다. 그래서 다른 사람들이 저를 추하게 여기도록 일부러 씻지도 않고 옷도 빨지 않고 더럽게 입고 다녔고, 뜰에 엎드려 울기만 했습니다. 그런데 어떤 궁녀가 그런 제 모습을 보고는 '한 떨기 연꽃이 뜰 가운데서 절로 피어올랐구나!'라고 하더군요. 특히 대군의 부인께서 저를 친자식처럼 알뜰살뜰 보살펴 주셨고 대군께서도 특별히 저를 아끼셨습니다. 궁 안의 다른 사람들도 저를 혈육처럼 돌봐 주었고요. 그런 보살핌 덕분에 저는 마음을 열고 학문에 열성을 바쳐 사물의 이치와 시의 맛이 어떤 것인지 깨치게 되었습니다.

서궁으로 옮긴 뒤에는 시에만 전념한 덕분인지 시를 보는 눈이 깊고 그윽해져서 다른 문인들이 지은 시로는 흡족함을 느낄 수가 없게 되었습니다. 제가 남자로 태어났더라면 이름을 널리 떨쳤을 것을, 하필이면 여자로 태어나 이리도 깊은 궁궐 안에 갇혀 살고 있으니 한스러울 따름입니다. 사람은 한번

죽고 나면 그뿐, 알아줄 사람이 없으니 마음속 나무에 한이 열매처럼 맺혔고 가슴의 바다에는 원망만이 쌓였습니다. 수를 놓다가도 손을 멈추고 하염없이 등불을 바라보았으며, 비단을 짜다가도 북을 놓치고 베틀에서 내려오곤 했습니다. 마음속으로는 헤아릴 수도 없이 자주 비단 휘장을 찢어 버리고 옥비녀를 꺾어 버리곤 하였지요. 술이라도 마시는 날이면 흥에 취해 신발을 벗고 이리저리 거닐기도 하고 섬돌 사이에 핀 꽃도 꺾으며 마음을 달래려고 해 보았습니다.

그러던 작년 가을밤, 낭군님을 보고 나서는 하늘의 신선이 인간 세상에 내려온 건 아닌가 하는 생각을 하였습니다. 제 용모가 다른 궁녀보다 못하니 어찌 낭군님의 마음을 얻을 수 있을까 감히 바랄 수 없었으나 전생에 무슨 인연이 있었던지, 붓 끝에 맺혀 있던 먹물 한 방울이 이토록 아픈 마음의 병이 될 줄은 그때만 해도 알지 못했습니다. 드리워진 발 사이로 낭군님을 훔쳐보면서 낭군님을 섬기게 되는 인연을 상상해 보았고, 이룰 수 없는 사랑을 꿈속에서 이뤄 보기도 하였답니다.

단 한 번도 이부자리에서 나누는 사랑의 기쁨을 누리지는 못하였으나, 옥같이 빼어난 낭군님의 얼굴은 늘 제 눈앞에 아른거렸습니다.

배꽃 사이에서 우는 두견새 소리도, 한밤중 오동잎에 떨어지는 빗소리도 처량하기만 해서 차마 듣지 못하였습니다. 봄이 되어 뜰에서 솟아나는 여린 풀잎의 모습도, 가을날 하늘을 나는 외기러기의 모습도 서럽기만 하여 차마 보지 못하였습니다. 병풍에 기대 가슴을 치고 푸른 하늘에 대고 하소연할 뿐입니다.

낭군님도 이렇듯 저를 생각하고 계시는지 모르겠습니다. 이 몸이 낭군님을 뵙지 못하고 갑자기 죽어 하늘 아래 땅 위에서 사라질지라도 낭군님을 그리는 저의 마음만큼은 사라지지 않을 것입니다.

오늘은 비단옷 빨래를 하러 가는 날입니다. 다른 궁녀들과 함께 가는 것이라 이곳에 오래 머무를 수 없습니다. 아, 떨어진 눈물은 먹물과 뒤섞였고, 제 넋은 비단실 속에 굽이굽이 깃들어 있습니다. 엎드려 바라건대, 낭군님께서 부디 저의 그리움과 한 맺힌 마음을 헤아려 주옵소서. 그리고 손수 담장을 써서 보내 주신다면 무엇보다 귀하게 여겨 영원히 간직하겠습니다.

제 편지는 아름다운 가을 경치를 보면서도 임 그리운 마음에 서러운 시요, 노래였습니다.

그날 저녁 돌아올 때 자란과 제가 먼저 빠져나와 동문으로 가는 것을 본 소옥이 웃으면서 시를 한 수 지어 주더군요. 제 마음을 놀리는 시일 것이 분명했기에 부끄러운 마음을 겨우 참고서 슬며시 펼쳐 보니 이렇게 쓰여 있더군요.

태을사 앞으로 한 줄기 물이 돌아가고
제단 위로 구름이 흩어지니 궁궐 문이 열렸네.
가느다란 허리로는 세 찬 광풍 이기지 못하여
숲 속으로 피했다가 날이 저무니 돌아오네.

자란이 곧바로 그 시에 화답하자 비취와 옥녀도 시를 지어 제 마음을 놀렸습니다. 그 시들에는 저를 걱정하는 마음과 부러워하는 마음이 모두 담겨 있었습니다.

무녀의 집을 찾아가니 무녀는 심술이 난 얼굴로 벽을 보고 돌아앉아 있더군요. 진사님은 하루 종일 울었는지 옷소매로 얼굴을 가리고 있었는데, 그냥 넋이 나간 듯했습니다. 제가 온 줄도 모르는 것 같았지요. 저는 왼손에 끼고 있던 금반지를 빼서 진사님의 품속에 넣어 주며 말했습니다.

"낭군님께서 저를 천하게 여기지 않으시고 누추한 이곳에서 기다려 주셨으니 참으로 감사할 따름입니다. 제가 영리하지는 못하나 목석처럼 뜻을 헤아리지 못하는 것도 아닙니다. 목숨을 걸고 낭군님과 함께하겠사오니 제 마음을 받아 주옵소서."

더 이상 그곳에 머무를 수 없었던 저는 슬픔을 누른 채 일어서며 진사님의 귓전에 속삭였습니다.

"저는 서궁에 있어요. 오늘 밤 서쪽 담장을 넘어 오시면 인연의 끈을 이을 수 있을 것입니다."

무녀의 집을 나와 서둘러 서궁으로 돌아가니 다른 궁녀들도 뒤따라와서는 무슨 일이 있었는지 다 알고 있다는 듯 다정한 눈인사를 보내더군요. 그날 밤 이경에 소옥과 비경이 서궁으로 찾아와서 말했습니다.

"낮에 쓴 시는 무심코 나온 것이었는데, 그만 운영이 너를 놀리는 뜻이 담겨 있더구나. 그래서 밤이 깊었지만 이렇게 용서를 빌러 왔단다."

자란이 말했습니다.

"여자의 마음은 다 한가지인걸요. 오랫동안 궁에 갇혀 마주 대하는 것이라고는 등불밖에 없고 하는 일이라고는 거문고를 타며 노

---

∞ 이경(二更) ── 하룻밤을 오경으로 나눌 때 두 번째 경을 가리키는 말로, 밤 9시부터 11시 사이를 말한다.

래하는 것밖에 없으니 외로운 그림자를 슬퍼하는 것 아닌가요? 온
갖 꽃들이 아름답게 웃고 짝을 지은 제비는 날개를 나란히 맞춰 노
니는데, 가련한 우리 신세는 깊은 궁궐에 갇혀 봄에 꽃과 제비를
보더라도 슬퍼질 뿐이니 그 마음은 말하지 않아도 다 알지요."

소옥과 비경은 흐르는 눈물을 훔칠 생각도 않고 말했습니다.

"한 사람의 마음이 곧 온 세상 사람의 마음이다. 지금 네 말을 들
으니 서글픈 마음이 구름처럼 피어오르는구나."

소옥과 비경이 돌아간 뒤 저는 자란에게 들뜬 어조로 소근거렸
어요.

"오늘 밤 진사님과 굳은 약속을 했단다. 오늘은 못 오신다 할지
라도 내일은 반드시 담을 넘어 여기로 오시겠지. 오시면 무얼 대접
해야 좋을까?"

"예쁘게 수놓은 휘장이 겹겹이 둘러져 있고, 포근한 비단 방석도
놓여 있고, 마실 술은 강물처럼 많은 데다 맛있는 고기가 산더미처
럼 쌓여 있는데 진사님이 못 오신다면야 별수 없겠지만 오시기만
하면 대접하는 게 뭐 그리 어렵다고 걱정을 하니?"

그날 밤 진사님은 결국 오시지 못했습니다. 담장 아래까지 오셨
으나 담장이 높고 험해 넘지 못했더랍니다. 실망이 컸던 나머지 집
으로 돌아가 아무 일도 못하고 힘없이 앉아 있으셨다지요. 그런데
진사님 댁에는 특이라는 꾀 많은 젊은 하인이 있었습니다. 근심으
로 가득 찬 진사님의 얼굴을 본 특은 엎드려 울면서 말했습니다.

"아무래도 진사님께서는 오래 사시지 못할 것 같습니다."

진사님은 자신을 걱정해 주는 특이 기특해서 손을 잡아 일으키고
는 마음속에 숨겨 두었던 이야기를 모조리 털어놓았습니다.

"진사님, 왜 진작 그런 말씀을 하지 않으셨습니까? 제가 어떻게든 해결해 보겠습니다."

특은 곧장 가볍고 쓰기 편한 사다리를 하나 만들었지요. 그 사다리는 접었다 폈다 할 수 있어 접으면 병풍처럼 되고 펼치면 사람 대여섯의 키 높이 정도 되었습니다.

"진사님, 이 사다리를 타고 궁궐 담을 넘어간 뒤 접어서 담 안쪽에 두었다가 돌아올 때도 똑같이 하시면 됩니다."

특이 담을 넘는 시범을 보이자 진사님도 따라서 해 보셨답니다. 그날 밤 진사님이 궁궐로 가려 하자 특은 품속에서 털가죽으로 만든 버선을 꺼내며 말했습니다.

"이걸 신으시면 담을 넘기가 한결 쉬워질 것입니다."

진사님이 털가죽 버선을 신고 걸어 보니, 정말 새가 날아가는 것처럼 땅을 밟아도 발소리가 나지 않더랍니다. 특의 도움을 받은 진사님은 다음 날 손쉽게 담장을 넘을 수 있었습니다. 진사님이 담장 안쪽으로 들어와 몸을 낮추고 대숲에 엎드려 주변을 살피니 달빛은 낮처럼 환했고 궁 안은 적막할 정도로 조용하더랍니다. 잠시 숨을 죽이고 있으려니 한 사람이 안에서 나와 작은 목소리로 시를 읊조리며 산책을 하더라지요. 진사님은 소리가 나지 않도록 조심스

레 대나무를 헤치고 머리를 내밀어 물었습니다.

"거기 누구시오?"

그러자 그 사람이 웃으면서 대답했지요.

"진사님이시군요! 얼른 이리로 나오세요!"

그 사람은 다름 아닌 바로 자란이었습니다. 제 부탁을 받고 거기에 나가 진사님을 기다리고 있었던 것이지요. 진사님은 대숲에서 나와 절하며 말했습니다.

"나이 어린 사람이 마음의 격정을 이기지 못해 죽음을 무릅쓰고 이곳에 왔으니 낭자께서는 부디 저를 불쌍히 여겨 주시오."

"가뭄에 비 기다리듯 진사님을 기다렸어요. 다행히 이렇게 뵙게 되었으니 죽은 목숨이 되살아난 듯 기쁩니다. 저는 자란이라 하옵니다. 운영이 기다리고 있으니 마음 놓으시고 저를 따라오세요."

그때 저는 창문을 열어 놓고 금향로에 향을 피운 다음 은은하게

등불을 밝히고는 이야기책을 펼쳐 놓고 읽으면서 이제나저제나 진사님이 오시기만을 기다리고 있었지요. 책을 읽었다고는 해도 그저 눈만 글자를 따라갈 뿐, 내용은 전혀 머릿속에 들어오지 않았습니다. 제 마음은 온통 진사님께 가 있었으니까요.

마침내 굽은 난간을 따라 조심스럽게 층계를 올라오는 진사님의 모습이 눈에 들어왔습니다. 제가 자리에서 일어나 절하자 진사님도 마주 서서 절을 했고, 손님과 주인의 예를 다해 자리를 나누어 앉았습니다. 잠시 서먹한 시간이 흘렀습니다. 자란은 곧 준비해 두었던 진수성찬과 좋은 술을 내왔어요. 부끄러워하는 우리를 위해 자란도 함께 앉아 술잔을 기울였습니다. 술이 세 잔쯤 돌자 진사님이 짐짓 취한 듯 물어 오셨습니다.

"밤이 얼마나 깊었습니까?"

말뜻을 금세 알아챈 자란은 곧 휘장을 드리우고 문을 닫더니 가만히 자리를 피해 주었습니다. 저는 살그머니 등불을 끄고 진사님과 함께 비단 이불 아래 누웠는데, 그 즐거움이야 이루 말할 수 없지요.

꿈결 같은 밤은 금세 지나가 버렸고 닭들이 홰를 치며 날이 새기를 재촉하니 야속하게도 새벽이 왔습니다. 진사님은 일어나서 바로 돌아가야만 했지요. 하지만 그 뒤부터는 날마다 어두울 때 담을 넘어 와서 새벽에 돌아가시곤 하셨습니다. 우리의 사랑은 나날이 깊어졌고 정은 두터워져만 갔습니다. 우리의 은밀한 만남은 멈출 줄을 몰랐습니다. 그러나 꼬리가 길면 밟히는 법, 눈이라도 온 날이면 어김없이 흰 눈 위에 진사님의 발자국이 남겨졌습니다. 진사님이 드나드는 것을 알고 있던 궁녀들은 이구동성으로 위험하다고 걱정하기 시작했습니다.

# 외로워라 궁녀의 삶,
## 뉘와 함께 돌아갈꼬?

## 신랑은 어디로 가고
## 신부만 있는가?

견습 나인이 일정한 교육 과정을
거친 뒤 관례를 치르면 정식 나인이
되었습니다. 궁녀에게는 관례가
성년식인 동시에 결혼식이었습니다.
조선 사회에서는 여성은 관례를
올리지 않았는데, 특별히 궁녀들이
관례를 올린 것은 이 일이 그들에겐
혼례와 같았기 때문입니다. 신랑은
바로 왕이었답니다. 궁녀들은
오로지 왕만을 위해 살아야 했기
때문에 그런 것이지요.
관례식이자 혼례식을 치르는 날은
궁녀가 호사를 누리는 유일한
날이었습니다. 궁녀가 속해 있는
부서의 상전은 옷감을 축하 선물로
보냈고, 궁녀의 본가에서도
옷이나 세간, 잔치 음식을 장만해
보냈습니다. 신랑만 없을 뿐,
다른 혼례식과 다를 바가
없었다고 합니다.

### 가뭄을 부를 만큼
### 외로움이 사무쳤다오!

궁녀들 중에는 왕의 후손을 낳아
후궁이 되는 경우도 있었습니다.
희빈 장씨는 나인 출신으로, 숙종의
총애를 받아 왕자를 낳고 한때는
왕비의 자리에까지 올랐습니다.
하지만 인현왕후를 죽게 만들었다는
혐의로 사약을 받았습니다. 영조의
어머니는 나인보다 더 낮은 계층인
무수리 출신의 숙빈 최씨였습니다.
하지만 이런 일은 매우 드물었습니다.
궁녀가 외로움을 참지 못하고 왕
이외의 다른 남자를 만나다가 들키면
매를 맞거나 귀양을 가야 했습니다.
그런데 큰 가뭄이 들면 결혼 못한
궁녀들의 원한이 하늘에 닿아 가뭄이
들었다며 궁녀들을 궁 밖으로 내보내
주는 관습이 있었습니다. 이런 관습은
중국에도 있어서 당나라 태종은
3천 명이나 되는 궁녀를 내보냈다는
기록이 있고, 우리나라에서는 숙종
때 25명, 영조 때 45명을 내보낸
기록이 있습니다.

칠궁(七宮) — 조선 시대 왕의
어머니가 된 후궁들의 위패를 모
신 사당으로, 현재 청와대
안에 있다. 칠궁에 모셔진 일곱
후궁 가운데 여섯이
궁녀 출신이었다.

요금문(曜金門) — 창덕궁 서북쪽에
있는 문으로, 주로 궁녀들이 지나다녔다고
한다. 궁에서는 왕족이 아닌 다른 사람은
죽을 수 없다는 법도 때문에 나이가
들었거나 병든 궁녀는 궁녀 생활을
마감하고 이 문으로 나왔다고 한다.

노래하고 춤추던 전각엔 먼지만 남았는데
화려했던 옛 시절이 꼭 어제 아침만 같네
슬프다 한 떨기 남은 궁중의 꽃잎아
풍우 맞으며 가는 봄에 얼마나 울었더냐

— 광해군의 궁녀 이씨의 시

### 구중궁궐의 나지막한
### 노랫소리

『겐지 모노가타리(源氏物語)』는
일본의 가장 오래된 장편 소설입니다.
이 소설의 작가는 다름 아닌 궁녀였
습니다. 이 밖에 일본에는 궁녀의
일기가 전해져 오는 경우가 여럿
있는데, 우리나라 궁녀들의 문학
작품은 그다지 많이 전해지지
않습니다. 궁녀들의 목소리가 세상에
알려지는 것을 좋지 않게 여긴 당시
의 문화 때문이었을 것입니다.
그래서 궁녀들 중에는 시나 글을

쓸 수 있는 재능이 있어도 작품을
남기는 일이 거의 없었고, 간혹
있다 해도 이름을 밝힌 경우는
드물었습니다. 조선 시대 궁녀의
문학으로는 인목대비를 모시던
궁녀가 광해군이 아우 영창대군을
죽이고 영창대군의 어머니
인목대비를 서궁에 가둔 일을
일기체로 적은 『계축일기(癸丑日記)』
와 정조 때 어느 궁녀가 숙종,
인현왕후, 희빈 장씨의 이야기를
소설로 구성한 『인현왕후전
(仁顯王后傳)』 등이 있습니다.
그 밖에 궁녀가 지은 것으로 알려진
시조와 한시가 몇 편 남아 있는데,
대개 구중궁궐의 외로운 삶을
한탄한 것이었습니다.

# 흉계에 속고
# 의심에 울다

꿈같이 행복한 나날을 보내던 진사님은 어느 날 문득 한순간에 행복이 깨져 버릴지도 모른다는 두려움을 느끼게 되었습니다. 진사님이 종일토록 근심에 빠져 있는데, 하루는 밖에서 돌아온 특이 진사님을 보며 물었습니다.

"지난번 일에 소인의 공이 제법 컸는데 어찌하여 아직까지 상을 주실 생각을 않으시옵니까?"

"네 공은 마음속에 잘 새겨 두고 있으니 걱정 마라. 조만간 내 너에게 후한 상을 줄 것이다."

"한데 진사님의 얼굴빛을 보니 근심이 많으신 듯하니, 무슨 일이옵니까?"

"그리운 임을 만나지 못하면 병이 가슴속에 사무치고 뼛속에도 사무치건만, 만나려 하면 돌이킬 수 없는 큰 죄가 쌓일 것이니 어찌 근심이 없겠느냐?"

"그러면 왜 함께 달아나지 않으십니까? 남몰래 업고서 궁을 빠져나가면 될 것을……."

진사님은 그 꾀가 그럴듯하다 여겨 그날 밤 제게 말씀하셨습니다.

"특이란 하인이 본래 영리하고 꾀가 많으니 이번 일도 그놈 말을 들으면 될 것 같은데 그대 생각은 어떠하오?"

"전 진사님이 하시는 대로 따르겠어요. 그런데 저희 부모님께서 제가 수성궁에 들어올 때 주신 옷과 보물이 적지 않은 데다 대군께서 하사하신 것도 많습니다. 그 많은 재물을 다 버리고 갈 수는 없는 노릇이지요. 어찌하면 좋을까요? 말 열 필로도 다 옮길 수 없을 만큼 많은데……."

진사님은 집에 돌아가 그 일을 특과 의논했습니다. 사정을 알게 된 특은 얼굴빛이 달라질 정도로 크게 기뻐하였습니다.

"그것은 문제도 아니옵니다. 소인이 아는 이들 중에 힘깨나 쓰는 장사가 스무 명 있는데, 매일같이 도둑질을 일삼아도 힘이 장사라 당해 낼 사람이 없습니다. 저와는 친하니 제 말이라면 반드시 들어 줄 것입니다. 그들에게 맡기면 태산이라도 옮길 수 있습지요."

진사님이 그 말을 전해 주시기에 저도 좋다고 했습니다. 그때는 진사님과 함께할 수 있다는 생각에 들떠 찬찬히 따져 보지 못했던 것이지요. 밤마다 제 짐을 싸서 이레 만에 전부 진사님의 집으로 옮겼습니다. 그 일이 끝나자 특은 다시 이런 말을 했습니다.

"이렇게 많은 보물을 댁에다 쌓아 두시면 큰마님께서 틀림없이 의심하실 것이고, 제 집에 쌓아 두어도 이웃 사람들이 의심할 게 뻔합니다. 이럴 게 아니라 어디 산속에 구덩이를 깊이 파서 묻어 두는 것이 좋지 않을까요?"

"들고 보니 그럴듯하구나. 그리하도록 하자. 하지만 만에 하나 보물을 잃어버리기라도 하면 우리가 도적이라는 누명을 쓰게 될 것이니 조심 또 조심해서 지켜야 할 것이다."

"아시다시피 제 꾀는 따를 자가 없고 든든한 친구 놈들도 있으니 세상에 어려운 일이 없습지요. 제가 밤낮없이 지킬 것이니 제 눈을 빼 갈 수는 있어도 보물은 빼앗아 갈 수 없을 것이고, 제 다리는 잘라 갈 수 있어도 보물은 꺼내 갈 수 없을 것입니다. 그러니 걱정 마십시오."

아, 그러나 누가 짐작이나 하였을까요? 사실은 특이 재물을 모두 빼돌린 뒤에 저와 진사님을 산골로 끌고 가서 진사님을 죽이고 저를 겁탈하려는 흉악한 생각을 품고 있었다는 것을. 하지만 진사님은 천성이 선량하고 세상 물정에 어두운 선비라 간사한 하인을 전혀 의심하지 않았습니다.

한편 대군께서는 좋은 시구

를 얻으면 현판에 새겨 비해당에 걸려고 했으나 뜻대로 되지 않았습니다. 여러 손님들이 시를 지어 주었으나 마음에 드는 시가 한 수도 없었기 때문입니다. 그래서 하루는 잔치를 벌이고 진사님을 억지로 초대하여 시를 지어 달라고 부탁하였습니다. 대군의 간곡한 부탁을 뿌리칠 수 없었던 진사님이 붓을 들었습니다. 이윽고 완성된 진사님의 시는 글자 한 자 덧붙이고 뺄 것 없이 아름다웠지요. 그 시를 읊조리면 한순간 비해당의 모습과 주변의 경치가 눈앞에 펼쳐졌으니, 비바람을 움직이고 귀신을 감동시킬 만했습니다. 감동한 대군께서는 구절마다 칭찬하였습니다.

"뜻밖에 오늘 옛 시인의 환생을 보았구나!"

대군께서는 거듭 감탄하며 몇 번이고 시를 읊었는데, 한 구절이 계속해서 마음이 걸렸습니다. '담장을 따라가서 남몰래 풍류의 곡조를 훔치네.' 이 구절에서 읊기를 멈춘 대군께선 진사님을 의심의 눈초리로 쳐다보았습니다. 그런 낌새를 알아차린 진사님은 서둘러 자리에서 일어났습니다.

"너무 취해 몸을 가누기 어려울 지경이니 그만 물러나 쉬도록 허락해 주옵소서."

대군께서는 하는 수 없이 늙은 하인에게 진사님을 부축하게 해서 내보내 주었습니다.

다음 날 밤, 궁궐에 들어온 진사님이 다급히 말했습니다.

"어서 이곳을 떠나는 것이 좋겠소. 어제 내가 지은 시를 보고 대군께서 의심하시는 것 같은데 시간을 끌었다가는 무슨 일을 당할지 두렵소."

"지난밤 꿈에 흉악하게 생긴 사람이 '나는 묵돌선우다. 성 밑에서 네가 오기만을 기다린 지 오래다!' 하고 소리를 지르기에 깜짝 놀라서 깨어났어요. 아무래도 불길한 예감이 듭니다. 낭군님께서는 어찌 생각하시는지요?"

"꿈은 헛된 것이라고 했거늘, 어찌 마음에 담아 두시오?"

"혹시 성이 궁궐의 담장이고 흉악하게 생긴 사람은 하인 특을 뜻하는 건 아닐까요? 낭군님께서는 그 하인의 속마음을 잘 알고 계시는지요?"

"특은 본래 음흉하기는 해도 내게는 늘 충성을 다하였소. 그대와 이렇게 인연을 맺은 데도 그놈의 공이 크지 않았소? 그러니 나중에 배신할 리는 없을 것이오."

"낭군님께서 그리 말씀하신다면 저도 더 이상 염려치 않겠습니다. 하지만 자매나 다름없는 자란에게 말도 없이 떠날 수는 없으니 지금 불러서 이야기를 해야겠어요."

저는 곧바로 자란을 불러와 세 사람이 둘러앉게 되었습니다. 우리의 계획을 말하자 자란은 깜짝 놀라더니 화까지 내며 말렸습니다.

"그동안 즐겁게 지냈는데 왜 욕심을 내 화를 재촉하는 거냐? 한번만 만나 보는 게 소원이다가 이렇게 여러 달을 함께 지냈으면 참을 줄도 알아야지, 담을 넘어 도망가겠다니 그게 사람이 할 짓이니? 운영아, 네가 떠나면 안 되는 이유가 있어. 대군께서 오랫동안

∞ 묵돌선우(冒頓單于, ? ~ 기원전 174) — 진시황이 죽은 뒤 중국을 통일한 한나라를 위협할 정도로 용맹스러웠던 흉노족의 왕. 한나라는 흉노족을 당해 내지 못해 묵돌선우에게 공주를 시집보내고 해마다 조공을 바쳤다.

네게 기울이신 정성이 떠나서는 안 되는 첫 번째 이유요, 대군 부인께서 네게 베풀어 주신 큰 사랑이 두 번째 이유요, 네가 도망치면 그 화가 네 부모님께도 미칠 것이니 그것이 세 번째 이유요, 서궁 사람들에게까지 그 화가 미칠 것이니 그것이 네 번째 이유야. 세상은 어차피 다 한 그물 속인데, 하늘로 올라가거나 땅으로 들어가지 않는 이상 어디로 숨을 수 있겠니? 만에 하나 잡히는 날엔 그 화가 너 한 몸에 그치지 않을 거 아니냐? 꿈자리마저 뒤숭숭하다고 하지 않았니? 꿈이 좋았다 해도 마음 편히 갈 수는 없었을 거야.

운영아, 지금 네가 할 일은 마음을 다스리고 몸가짐을 바르게 하여 하늘의 뜻을 기다리는 것뿐이야. 네가 나이가 들어 쇠약해지면 대군의 관심도 점점 식을 터이니 그때를 기다렸다가 병이 들었다 말하고 드러누우면 틀림없이 대군께서 고향으로 돌아가라고 하실 거야. 그러면 얼마든지 진사님과 백년해로할 수 있어. 겁도 없이 잔꾀를 부리면 사람이야 잠시 속일 수 있어도 하늘은 속일 수 없는 법이야. 부디 다시 잘 생각해 보렴."

진사님은 자란의 말을 듣다가 아무래도 일이 틀어졌다고 생각한 모양인지 눈물을 머금고 궁궐을 빠져나갔습니다. 그렇게 시간이 또 물처럼 흘러갔습니다.

하루는 대군께서 서궁에 앉아 계시다가 활짝 핀 철쭉꽃을 보시고 저희들에게 시를 지어 보라고 하셨습니다. 저희들의 시를 읽어 본 대군께서는 칭찬을 아끼지 않으셨지요.

"너희들의 시가 나날이 좋아지니 참으로 기쁜 일이로다. 그런데 운영의 시에는 이상하게도 임을 그리워하는 뜻이 엿보이는 것 같구나. 전에 지은 시도 그렇더니, 네가 따르고자 하는 사람이 누구

더냐? 지난번 김 진사의 시에도 의심스러운 구절이 있었는데 네가 마음에 두고 있는 사람이 혹시 김 진사더냐?"

저는 바로 뜰에 내려가 이마를 땅에 대고 눈물로 호소하였습니다.

"지난번 대군께서 의심하시는 말씀을 하실 적에 소녀는 바로 죽을 마음을 먹었습니다. 하지만 나이 스물이 되기도 전에 부모님을 뵙지도 못하고 죽으면 그 한이 죽어서도 가슴에 맺힐 것이기에 목숨을 아껴 오늘까지 살았나이다. 부끄러운 목숨이 또다시 의심을 얻었으니 어찌 더 살기를 바라겠나이까? 천지신명이 굽어보시는 동안 저희 다섯 궁녀 한시도 떨어지지 않았는데 유독 제게만 욕된 이름이 돌아오니 이제 살아도 죽느니만 못할 것이옵니다."

저는 그 길로 달려가 서궁 난간에 비단 수건을 걸고 거기에 목을 매달아 자결하려 했습니다. 다들 크게 놀라 당황하고 있는데, 자란이 급히 대군 앞에 엎드리더니 절박한 목소리로 외쳤습니다.

"시 한 수만 보시고 영명하신 대군께서 가련한 궁녀를 죽음으로 몰아가시는데, 지금 운영을 죽게 내버려 두신다면 저희들은 다시는 붓을 들지 않을 것입니다."

대군께서는 화를 많이 내기는 하셨으나 제가 죽는 것은 바라지 않으셨기 때문에 서둘러 사람들을 불러 저를 구하게 하셨습니다. 그러고는 도리어 저희 다섯 궁녀에게 비단 다섯 필을 상으로 주시며 말씀하셨습니다.

"너희가 지은 시들이 매우 아름답기에 상으로 주는 것이다."

그 일이 있은 뒤 진사님은 한동안 수성궁 담장을 넘지 못했습니다. 진사님은 그만 병을 얻어 드러누워만 계셨지요. 날마다 눈물로 이불과 베개를 적시니 가여운 목숨은 한 가닥 실낱같이 위태롭게 되었습니다. 그 모습을 본 특이 다시 진사님을 부추겼습니다.

"사내대장부가 죽으면 죽었지, 어찌 여자 하나 때문에 자리에 누워 이리 몸을 축내고 계십니까? 뜻이 있는 곳에 길이 있다 하지 않습니까? 제 말대로 따르신다면 그 궁녀를 품에 안는 것은 일도 아닙니다. 깊은 밤을 틈타 담을 넘어 쥐도 새도 모르게 여자를 업고 나오면 아무도 쫓아오지 못한다니까요."

"그런 위험천만한 소리는 다시 말아라. 내 마음을 다해 운영을 설득해 보겠다."

진사님은 그날 밤 위험을 무릅쓰고 수성궁에 들어오셨습니다. 그러나 저는 병이 들어 자리에서 일어나지도 못하였지요. 저 대신 자란이 진사님을 맞이하고 술을 대접하였습니다. 저는 그 전에 써 둔 편지를 전하며 어렵게 말을 꺼냈습니다.

"앞으로는 진사님을 영영 뵐 수 없을 터이니, 백 년을 기약했던 우리 만남도 오늘 밤으로 마지막입니다. 하늘이 맺어 준 인연이 조금이나마 남아 있다면 저승에서라도 만날 수 있겠지요."

진사님은 편지를 품속에 넣고 넋이 나간 사람처럼 할 말을 잊은 채 우두커니 저를 바라보시더니 슬픔이 북받치는지 뚝뚝 눈물을 떨어뜨리며 나가고 말았습니다. 저는 그대로 자리에 풀썩 주저앉았고, 자란은 우리 두 사람을 기둥 뒤에서 지켜보며 남몰래 눈물을 흘렸습니다.

집으로 돌아간 진사님은 떨리는 손으로 편지를 열어 보셨습니다.

팔자 기구한 운영이 낭군님께 큰절을 올리며 아뢰옵니다. 아무런 재주도 없는 제가 손가락에 떨어진 먹물 한 방울이 인연이 되어 낭군님의

눈에 들게 되었습니다. 그 뒤로 우리는 얼마나 많은 밤을 서로를 그리워하며 잠 못 이루었던가요? 다행스럽게도 운우지정을 나눌 수 있었으며 사랑은 바 다 처 럼  깊 어 져 마를 줄을 모르게 되었습니다. 하지만 좋은 운이 넘치면 세상이 시기하는 법. 궁녀들이 모두 알고 대군마저 의심하고 계시니 마침내 재앙이 눈앞으로 닥쳐왔습니다.

이제 이 목숨 다할 날도 머 지 않 았습니다. 엎드려 바 라 오 니 저를 마음에 두어 몸을 상하게 하지 마시고, 학업에 더욱 힘써 과거에 급제한 뒤 높은 벼슬길에 올라 이름을 드날리고 부모님을 복되게 하십시오. 모아 둔 저의 재물은 모두 부처님께 바치시고 지성으로 소원을 빌어 부디 이 세상에서 못다 한 우리 인연을 다음 세상에서라도 이을 수 있게 해 주십시오.

그렇게만 된다면 죽어도……


진사님은 편지를 미처 다 읽지도 못하고 기절하여 쓰러지셨습니다. 집안사람들이 황급히 달려와 침을 놓고 약을 먹이며 흔들어 깨우자 겨우 깨어나셨지요. 특이 사람들을 모두 내보내고 진사님께 다가가 물었습니다.

"대체 그 궁녀에게서 무슨 말을 들으셨기에 이러시는 겁니까?"

진사님은 다른 말은 하지 않고 오직 이 말만 했습니다.

"재물은 잘 지키고 있느냐? 내 그걸 부처님께 바쳐서 운영과의 굳은 약속을 지키리라."

'궁녀가 나오지 못한 게 분명하니 그 재물은 하늘이 내게 내려 준 것이로군!'

특은 그런 생각을 하며 혼자 낄낄거렸는데 다른 사람들이야 그 까닭을 전혀 알 수 없었겠지요.

# 드러나는 비밀, 깨져 버린 사랑

하루는 특이 자기 옷을 찢고 코를 때려 코피를 터트리더니 피를 얼굴에 바르고 귀신처럼 머리카락을 헝클어트렸습니다. 그러고는 맨발로 뛰어가다 땅바닥에 엎어져서는 통곡을 했습니다.

"가, 강도가, 강도가 들었습니다!"

이 한마디만 뱉고서는 특은 기절한 척하는 것이었습니다. 진사님은 그런 줄은 까맣게 모르고 특이 죽어 버리면 재물이 어디에 묻혀 있는지 알 수 없게 될까 봐 전전긍긍하며 직접 약을 달여 먹이기도 하고 온갖 정성을 쏟았지요. 나중에는 고기에 술까지 먹이며 돌보았습니다. 그러자 특은 열흘 만에 자리에서 일어나 입을 열었습니다.

"소인 혼자 산속에서 재물을 지키고 있는데 난데없이 도적 떼 수십 명이 들이닥쳤습니다. 어떻게든 맞서 보려 했으나 얻어맞기만 할 뿐 당해 낼 수가 없었습죠. 끝내는 저를 죽이려 들기에 겨우 도망쳐서 죄 많은 목숨만 보전했습니다. 그 재물이 아니었다면 이런 험한 꼴을 당할 일도 없었을 터인데 무슨 놈의 팔자가 이리도 사납답니까? 재물은 지키지 못하고 개만도 못한 목숨만 살아 돌아왔으니 그저 이놈을 죽여 주옵소서! 죽여 주옵소서!"

특은 억울하고 분하다는 듯이 발로 땅을 구르고 주먹으로 가슴을 치며 통곡을 했습니다. 진사님은 기가 막히고 수상쩍기도 하였으나 부모님이 알게 될까 두려워 일단 특을 달래서 집으로 돌려보냈습니다. 그러고는 곧바로 믿을 만한 사람들을 시켜 어떻게 된 일인지 알아보게 했는데, 얼마 지나지 않아 특이 꾸민 일이라는 것을 알게 되셨습니다. 진사님은 서둘러 하인 십여 명을 거느리고 특의 집을 찾아가 집 안을 샅샅이 뒤졌지요. 하지만 영악한 특이 이미 눈치를 채고 재물을 모두 빼돌린 뒤라 찾아낸 것은 달랑 금비녀 한 쌍과 거울 하나뿐이었습니다. 진사님은 그것을 증거로 삼아 관아에 고발하여 다른 재물도 찾고 싶었으나 그랬다가는 모든 것이 탄로 날 것이기에 그럴 수도 없는 노릇이었습니다. 특을 죽여 버리고 싶은 마음도 있었으나 힘으로는 그를 당해 낼 수가 없으니 그럴 수도 없었지요. 그저 저와의 약속을 지키지 못하는 것을 서러워할 뿐이었습니다. 그 사이 특은 자신의 죄가 밝혀져 큰 화가 미치기 전에 먼저 손을 쓰기로 결심하고 흉계를 꾸몄습니다.

특은 서궁 담장 아래에 사는 맹인 점쟁이를 찾아갔습니다.

"며칠 전 새벽에 이 서궁 담장 옆을 지나가는데 담을 넘어 나오는 놈과 딱 마주치지 않았겠소. '이 도둑놈 딱 걸렸다!' 하고 소리를 치며 뒤를 쫓아갔다우. 그 말에 놀랐는지 그놈이 물건을 버리고 달아나기에 그걸 주워 놓고 임자를 기다리고 있었다오. 그런데 염치없는 우리 주인이 내가 값진 물건을 주웠다는 말을 듣고는 내 방에 와서 그 물건을 내놓으라고 하지 않겠소? 그래서 금비녀와 거울을 내주었더니 그걸 빼앗고는 다른 것도 내놓으라고 불호령을 내리는 거요. 그게 다라고 아무리 말해도 믿지를 않고 아주 나를 죽이려고 하니 더는 살 수가 없어 달아나야겠소. 어떻소? 달아나면 운이 좋아 살 수 있겠소?"

점쟁이는 산통을 흔들어 점괘를 하나 뽑았습니다.

"허어, 길하구나! 운은 좋겠다."

구경꾼들이 혀를 차며 특에게 물었습니다.

"대체 당신네 주인은 어떤 인간이기에 하인을 그리도 못살게 군단 말이오?"

"우리 주인은 나이는 비록 적지만 글재주가 뛰어나 곧 과거에 급제할 거라고 벌써부터 소문이 났다오. 허나 그러면 뭘 하오? 성품이 저리 포악하니 훗날 벼슬이라도 하게 되면 그 기세를 누가 당할 수 있겠소?"

그 말은 입에서 입을 건너 결국 대군의 귀에까지 들어가고 말았습니다. 대군께서는 몹시 화를 내며 남궁 궁녀들에게 서궁을 뒤지

---

∞ 산통(算筒) ─ 점을 칠 때 쓰는 통으로, 음양을 표시한 사각기둥 모양의 나무로 된 산가지가 들어 있다.

라고 명하였지요. 제 옷과 보물이 다 없어졌다는 보고를 받고 그간의 의심과 소문이 모두 사실이었음을 알게 된 대군께서는 분노로 부들부들 떨었습니다. 대군께서는 당장 서궁 궁녀 다섯을 뜰 가운데로 불러내고는 형틀을 갖추어 놓고 무서운 명령을 내리셨지요.

"이것들을 모두 죽여 다른 궁녀들의 본보기로 삼으리라!"

그러고는 곤장을 잡은 이들에게 소리치셨습니다.

"너희는 수를 헤아리지 말고 이것들이 죽을 때까지 매우 쳐라!"

우리 다섯 궁녀들은 입을 모아 호소하였습니다.

"저희를 죽이시기 전에 저희 사정을 한번 들어 보시옵소서."

"무슨 놈의 사정을 들어 보란 말이냐! 좋다, 무슨 말이든 해 보도록 하라!"

저희는 글로 지어 올리겠다고 눈물로 간절히 청하였습니다. 그러자 대군께서도 마음이 좀 풀렸는지 마지못해 허락해 주셨지요.

제일 먼저 은섬이 감춰 두었던 사연을 글로 지어 올렸습니다.


남녀가 서로 그리워하는 마음은 음양의 이치에서 나온 것으로, 귀한
사람이든 천한 사람이든 구별 없이 누구나 가지고 있는 것입니다. 그러나
저희는 어린 나이에 깊은 궁궐에 갇힌 뒤로 오직 그림자만 벗 삼아 외로이
살아왔습니다. 꽃을 보면 눈물이 흐르고 달을 보면 한숨이 쏟아졌습니다.
매화 열매를 꾀꼬리에게 던져 짝을 지어 날지 못하게 하고, 주렴을 늘어뜨려
제비가 한 둥지에 깃들지 못하게 한 것은 모두 외로움과 질투심이
사무쳐서이니 이 어찌 서글픈 일이 아니오리까?
궁궐 밖으로 나가기만 하면 인간 세상의 즐거움을 누릴 수 있을 것이나
저희가 궁궐의 담을 넘지 않은 것은 힘이 부족해서도, 마음이 모자라서도

아닙니다. 저희가 이 궁중에서 할 수 있는 일은 대군의 위엄에 고개 숙이고 마음을 다스리다 시들어 죽어 가는 것뿐이기 때문입니다. 궁궐의 법도를 어긴 적도 없건만 대군께서 저희를 저승으로 보내려 하시니 이 원통한 마음을 어디 가서 풀겠나이까? 저희들은 죽어서도 눈을 감을 수 없을 것이옵니다.

은섬 다음에 비취가 글을 지어 올렸습니다.

대군께서 보살펴 주신 은혜는 산보다 높고 바다보다 깊습니다. 저희들은 대군의 위엄에 머리를 숙이고 은혜에 감격하여 날이면 날마다 시를 짓고 거문고를 타며 세월을 보냈을 뿐이옵니다. 그러하오나 이제 씻을 수 없는 오명을 입게 되었으니, 원통한 누명을 쓰고 사는 것은 죽는 것보다 못할 것입니다. 이제 바라는 것은 오직 한순간이라도 빨리 이 세상을 버리는 것이옵니다.

그다음에는 자란이 글을 지어 올렸습니다.

일이 이 지경까지 오게 되었으니 어찌 더 이상 숨기기를 바라겠나이까? 저희는 미천하고 평범한 여염집의 규수들이지, 왕실의 공주도 아니요 하늘의 선녀도 아닙니다. 그러니 남자를 그리워하는 정이 어찌 저희들에게 없을 수 있겠습니까? 옛날의 성스러운 임금도, 천하를 호령하던 영웅도 다 여인을 그리워하였는데, 운영에게 어찌 낭군을 그리워하는 마음이 없을 수 있겠습니까?
김 진사는 보기 드문 인재요 미남자인데 그런 이를 궁궐로 불러들인 것도 대군께서 하신 일이요, 운영에게 명하여 먹을 갈게 한 것도 대군께서 하신 일이옵니다. 오랫동안 깊은 궁궐에 갇혀 꽃이 피는 봄이나 달이 밝은 가을이면 늘 마음의 병을 앓았던 운영이 그러한 인연을 만났으니 눈길이 가는 것을 어찌 사람의 힘으로 막을 수 있었겠나이까?

이제 그 그리움이 뼛속 깊이 병이 되어 좋은 약도 듣지 않고 용한 의원도 손을 쓰지 못할 지경에 이르렀습니다. 가여운 운영이 새벽 이슬처럼 스러지고 나면 대군께서 측은한 마음이 들어 돌보려고 하신들 이미 늦었을 것이며, 또한 아끼시던 운영이 없어지고 나면 그것이 대군께 무슨 이익이 되오리까? 어리석은 제 생각으로는 두 사람을 만나게 하여 맺힌 한을 풀어 주신다면 대군의 너그러움에 천지가 감동하고 세상이 칭송할 것입니다.

운영이 절개를 지키지 못한 죄는 운영에게 묻지 마시고 운영을 부추긴 저에게 물으시옵소서. 저의 죄가 크니 이 자리에서 바로 죽는다 해도 아쉬울 것이 없나이다. 대군께 바라고 또 바라오니 운영의 목숨 대신 저의 목숨을 거두어 가 주옵소서.

네 번째로 옥녀가 글을 지어 올렸습니다.

그동안 서궁의 행복을 저들과 함께 누렸는데 이 불행을 어찌 저만 홀로 피하겠나이까? 죄가 있든 없든 죽음까지도 같이하려 하옵니다. 운영을 죽이시려거든 저도 함께 죽여 주옵소서.

마지막으로 제가 글을 지어 올렸습니다.

대군의 은혜가 산과 같이 깊고 바다와 같이 넓은데 그 은혜를 저버리고
정절을 버린 것이 소녀의 첫 번째 죄입니다. 지난날 제가 지은 시를 보고
대군께서 의심을 하셨으나 끝내 사실을 아뢰지 않은 것이 두 번째 죄입니다.
또한 죄 없는 서궁의 궁녀들이 저로 인해 죽게 되었으니 그것이 세 번째
죄입니다. 이처럼 지은 죄가 무거우니 무슨 면목으로 살기를 바라겠나이까?
이미 제 죄를 죽음으로 갚으려고 마음을 먹었으니 그저 대군의
처분에 따르겠나이다.

저희들의 글을 다 읽으신 대군께서는 다시 자란의 글을 읽으셨습니다. 그 사이 서슬이 퍼렇던 얼굴빛도 조금은 누그러지신 듯 보였습니다. 그때 소식을 들은 소옥이 달려와 대군 앞에 꿇어앉았더니 눈물로 아뢰었습니다.

"전날 빨래를 하러 나갈 적에 저는 소격서동으로 가는 것을 반대하였습니다. 그런데 자란이 밤에 우리 남궁으로 와서 간청하기에 그 마음이 불쌍하여 결국은 제가 모든 궁녀들을 소격서동으로 이끌고 갔습니다. 그러니 운영의 죄는 제 죄나 다름없사오니 저를 죽이시고 운영의 목숨은 살려 주시옵소서."

대군께서는 운영을 아끼는 궁녀들의 한결같은 마음과 애처로운 눈물을 보시더니 점차 노여움을 푸셨습니다. 그러고는 다른 궁녀들에게는 벌을 내리지 않고 돌려보내셨으나 죄가 무거운 저만은 따로 별당에 가두도록 하셨습니다. 그리고 그날 밤 저는 비단 수건에 목을 매어 한 많은 목숨을 스스로 끊었습니다.

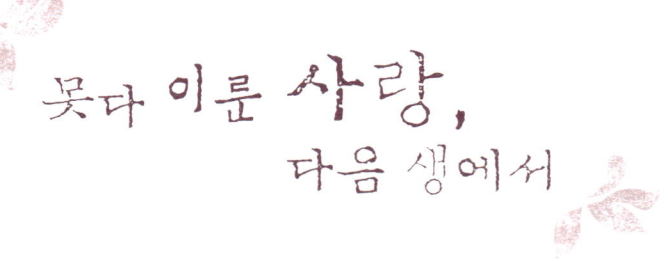
못다 이룬 사랑,
다음 생에서

운영은 마치 꿈을 꾸는 듯 지난 일을 되짚으며 잔잔한 목소리로 이야기를 이어 갔고, 김 진사는 붓을 들고 묵묵히 그 이야기를 받아 적고 있었다. 운영이 자결하는 대목에서 이야기를 그치자 두 사람은 한참 동안 눈물이 가득 고인 눈으로 서로를 바라보았다. 이윽고 운영이 말했다.

"그다음부터는 낭군님께서 이야기하세요."

김 진사가 이야기의 실타래를 이어 갔다.

운영이 자결한 뒤 궁 안 사람들은 모두 제 부모님이 돌아가신 듯이 서럽게 통곡했습니다. 창자가 끊어진 듯한 통곡 소리는 궁궐의 담장을 넘어 저에게까지 들려왔지요. 뒤늦게 운영의 죽음을 알게 된 저는 그대로 쓰러져 정신을 잃었습니다. 집안사람들은 제가 영영 깨어나지 못할 거라고 생각하면서도 저를 살리려고 온갖 정성을 다하였습니다. 결국 며칠 만에 정신을 차렸지만 모든 일이 다 끝나 버린 뒤라 저에겐 더 이상 살아갈 이유가 없었습니다.

그러나 단 하나 운영이 마지막으로 보낸 편지가 마음에 걸렸지요. 그래서 저승으로 먼저 떠나간 운영의 혼백이나마 위로하고 싶어 운영의 금비녀와 거울, 저의 붓과 벼루를 팔아 쌀 마흔 석을 마련했습니다. 그 쌀을 청령사에 보내 불공을 드리려고 보니 사정을 아는 이가 특 말고는 달리 없는지라 어쩔 수 없이 다시 특을 불러 일을 맡겼습니다.

"네 죄를 모두 용서해 줄 테니 이제부터라도 진심으로 나를 돕겠느냐?"

특은 엎드려 울면서 말했습니다.

"비록 제가 어리석고 성격이 모질기는 하지만 사람의 자식인 이상 어찌 은혜를 모르겠습니까? 저의 죄를 낱낱이 헤아리자면 머리카락을 죄다 뽑아도 모자랄 지경인데 너그러이 용서해 주시다니요. 지금 소인은 썩은 나무에 잎이 나고 백골에 새살이 돋는 듯합니다. 앞으로는 오로지 진사님을 위해 이 한목숨 바치겠습니다."

"좋다. 이번에도 널 믿어 보겠다. 내가 운영을 위해 부처님께 불공을 드리려고 하니 청령사로 가서 정성을 다해 준비해 주겠느냐? 가여운 운영의 혼이 좋은 세상에 갈 수 있도록 하는 일이니 잘해야 한다."

"예, 예, 여부가 있겠습니까? 분부대로 하겠습니다."

특은 시원스레 대답하고는 그 길로 청량사에 갔으나 처음부터 은

123

혜를 갚을 생각 따위는 없었습니다. 시주는 하지도 않고 사흘 동안 궁둥이를 두드리며 늘어지게 놀더니 스님을 불러 한다는 소리가 이랬답니다.

"마흔 석이나 되는 쌀을 전부 부처님께 바칠 필요가 있소? 부처님이 다 잡수실 것도 아니잖소? 술과 고기를 장만해 사람들을 불러 먹이면 그게 다 부처님께 바치는 거지. 그렇지 않소?"

특은 술과 고기를 장만하게 하고는 때마침 지나가던 마을 여인을 억지로 끌어들이더랍니다. 그러고는 제멋대로 스님들의 방을 차지하고 다시 며칠을 음탕하게 놀았다고 합니다. 스님들은 모두 분통을 터트렸으나 꾹 참고 있다가 불공을 드릴 날이 다가오자 특에게 말했습니다.

"불공을 드릴 때 제일 중요한 것이 시주를 베푸는 사람입니다. 시주를 베푸는 사람이 불결하면 불공은 말짱 헛일이 되고 맙니다. 그러니 저 맑은 시냇물로 깨끗이 목욕하고 예를 갖춘 뒤에 정성껏 불공을 드리는 게 좋겠습니다."

특은 못 이기는 척 시냇가로 내려가 대충 씻는 시늉만 하더니 다시 부처님 앞으로 와서는 간사하게도 이렇게 빌었답니다.

"김 진사는 오늘 빨리 죽고 운영은 내일 다시 살아나 이 몸의 배필이 되게 하소서."

사흘 동안 부처님 앞에서 빈 것이라고는 오직 그것 하나뿐이었습니다. 그런데도 절에서 돌아온 특은 제게 굽실거리며 이렇게 말하는 것이었습니다.

"운영 아씨는 반드시 다시 살아오실 것입니다. 소인이 정성을 다해 불공을 드린 그날 밤 운영 아씨가 제 꿈에 나타나신 게 아니겠습니까? '지성으로 빌어 주니 고마운 마음을 말로 다할 수 없구나.'이러며 눈물을 보였습죠. 스님들도 모두 소인과 똑같은 꿈을 꾸었다고 하고요."

아, 어리석게도 저는 그 말을 철석같이 믿었습니다.

계수나무 잎이 누렇게 익어 갈 무렵, 과거에 응시할 뜻은 없었지만 마음을 가다듬어 책을 읽으려고 저는 청령사로 가서 며칠을 묵었습니다. 그런데 거기 있는 동안 스님들로부터 특이 무슨 짓을 했는지 소상히 들을 수 있었습니다. 기가 막히고 분하여 피가 거꾸로 솟는 듯하였지요. 그러나 뒤늦게 특을 벌한들 얻을 것이 없을 것 같아 마음을 가라앉히고는 목욕재계하고 부처님 앞에 나아가 향을 사르고 이마를 조아려 빌고 또 빌었습니다.

"운영이 죽기 전에 했던 약속을 차마 저버릴 수 없어 특이라는 하인에게 지성으로 불공을 드리라고 했습니다. 그러나 지금 들어보니 특이 입에 담을 수도 없을 만큼 사악한 짓을 저질러 부처님을 욕보이고 운영의 유언도 허사로 만들었습니다. 이는 모두 저의 죄이나 감히 비나이다. 부처님이시여! 부디 다음 생에는 운영과 제가 부부의 연으로 만나게 해 주시고, 이번 생의 원통함을 씻어 주시옵소서. 부처님이시여! 사악한 특을 쇠사슬로 꽁꽁 묶어 지옥에 가둬 주소서. 이 두 가지 소원을 들어주시면 운영은 비구니가 되고 저는 비구가 되어 살을 베어서라도 계율을 지키고, 뼈를 갈아서라도 큰 절을 지어 은혜에 보답하겠나이다."

저는 마음속으로 부처님께 빌고 또 빌며 절을 올리고 또 올렸는데, 백 배를 올리고서야 기도를 마쳤습니다. 그리고 꼭 이레 만에 특은 깊은 우물에 빠져 온몸의 뼈가 부서지는 고통에 시달리다가 죽었습니다.

  그날 이후 제게는 더 이상 세상일에 남은 뜻이 없어졌습니다. 그리하여 어느 날 목욕을 하고 새 옷으로 갈아입고는 조용한 방에 누웠습니다. 나흘 동안 먹지도 마시지도 않고 있다가 마침내 깊은 탄식을 내뿜고는 영영 다시는 일어나지 못하는 몸이 되고 말았습니다.

# 세상에 남겨진
## 슬픈 사랑의 책

김 진사는 그 대목까지 쓰고는 붓을 던졌다. 김 진사와 운영은 슬픔이 북받쳐 오르는지 눈물을 하염없이 쏟으며 서로를 끌어안았다. 슬픈 두 연인의 눈물은 이 세상이 끝나도록 마르지 않을 것만 같았다. 그 모습을 말없이 지켜보던 유영이 눈물을 훔치며 조심스레 위로의 말을 건넸다.

"두 사람이 다시 만나 소원을 이루었고 원수인 하인도 천벌을 받아 분을 씻어 내지 않았습니까? 그런데 어찌하여 이렇듯 비통하게 우십니까? 다시 인간 세상에 태어나지 못함을 한탄하는 것입니까?"

김 진사가 눈물을 닦으면서 대답하였다.

"우리 두 사람 모두 한을 품고 죽었기 때문에 저승의 염라대왕도 불쌍히 여겨 다시 인간 세상에 태어나도록 했습니다. 그리워하던 두 사람이 다시 만나니 저승의 즐거움일지언정 인간 세상의 기쁨보다 덜하지 않았습니다. 그러니 천상의 즐거움이야 오죽하겠습니까마는 저희는 다시 세상에 나가는 것을 원치 않습니다. 다만 오늘 슬픔을 억누르지 못한 까닭은 따로 있답니다. 대군께서 돌아가시고 나자 주인 잃은 궁궐에 까마귀만 슬피 울어 대어 쓸쓸함이 더해지고 있기 때문이지요. 게다가 찬란히 빛나던 누각은 전쟁을 겪은 뒤로 잿더미가 되었고 높다란 담장은 무너져 버렸는데, 섬돌 사이의 꽃만 향기롭고 뜨락의 풀만 빛나고 있지 않습니까? 이렇듯 봄빛은 옛 모습 그대로이나 사람의 일은 덧없어 한순간에 변하는가 봅니다. 다시 이곳에 와서 저 담장을 넘어 다니던 옛일을 떠올리니 그 무상함이 어찌 슬프지 않겠습니까?"

"그러면 그대들은 모두 천상의 사람이 되었습니까?"

"우리 두 사람은 본래 신선으로, 오랫동안 옥황상제를 모셨습니다. 하루는 상제께서 제게 천도복숭아를 따 오라고 이르셨는데, 저는 시키신 것보다 더 많이 따서는 운영에게 몰래 주었답니다. 그런데 그 일이 그만 발각되는 바람에 인간 세상으로 쫓겨났던 것입니다. 인간 세상의 괴로움을 두루 겪게 하고 나서야 옥황상제께서는 우리의 잘못을 용서하시고 다시 삼청궁으로 부르신 것입니다. 그래서 돌아가는 길에 잠시 바람 수레를 타고 옛날에 노닐던 속세를 돌아보러 온 것뿐입니다."

김 진사는 운영의 손을 잡은 채 유영에게 당부의 말을 건넸다.

"바닷물이 마르고 돌이 닳아 없어져도 우리의 사랑은 사라지지 않을 것이고, 땅이 갈라지고 하늘이 무너져도 우리의 한을 지우지 못할 것입니다. 오늘 저녁 그대와 만나 구구절절한 사연을 모두 털어놓은 것은 분명 전생의 인연이 있었기 때문입니다. 그러니 부탁 하나 드려도 되겠지요. 그대가 이 글을 거두어 세상에 전해 주십시오. 그리하여 우리의 이야기가 영원히 잊히지 않도록 해 주십시오. 다만 어리석은 사람들의 웃음거리가 되지 않게 전해 주신다면 더는 바랄 것이 없겠습니다."

　술에 취한 김 진사는 운영의 어깨에 몸을 기대더니 나직한 목소리로 시를 한 수 읊조렸다.

　　꽃잎 진 궁궐에 제비 참새 날아들고
　　봄빛은 여전한데 주인은 어디 있나.
　　밤하늘의 달빛은 이리도 서늘한데
　　푸른 이슬은 푸른 소매 적시지 못하네.

　그러자 운영이 이어서 읊었다.

　　고궁의 꽃과 버들 새 봄빛을 머금고
　　호화롭던 옛일은 꿈결에 스며드네.
　　이 저녁 옛 자취를 더듬어 오니
　　참을 수 없는 슬픈 눈물 수건을 적시네.

　시 읊는 소리를 듣다가 유영은 깜박 잠이 들었다. 문득 산새 우는 소리에 깨어나 보니 구름과 안개가 땅에 자욱하게 깔려 있고 멀리서 어슴푸레하게 새벽빛이 밝아 오고 있었다. 사방을 둘러보아도 사람은 보이지 않고 김 진사가 남긴 책만 눈에 들어올 뿐이었다.

　유영은 그 책을 소매에 넣고 터덜터덜 집으로 돌아왔다. 그리고 그 책을 깊숙이 숨겨 두고 이따금씩 꺼내 보았는데 그때마다 쓸쓸함을 이기지 못하고 멍하니 넋을 잃어 먹지도 자지도 않곤 하였다. 그 뒤 유영은 집을 떠나 이름난 산을 찾아다녔는데, 나중에는 어디로 갔는지 그 자취를 영영 알 길이 없다고 한다.

『운영전』 깊이 읽기

# 구름 위의 사랑, 초원의 사랑

## 열일곱, 꽃봉오리 청춘의 사랑 이야기

로미오와 줄리엣이 몇 살인지 아시나요? 셰익스피어가 쓴 『로미오와 줄리엣』을 보면 로미오는 열다섯 살, 줄리엣은 열세 살이라고 나와 있습니다. 인생을 송두리째 바꿔 놓은 열정에 휩싸이고 그 사랑을 지키려다 결국 목숨까지 버린 주인공들의 나이가 말입니다. 춘향이와 이몽룡은 또 몇 살일까요? 두 사람은 이팔청춘 열여섯입니다. 변 사또의 모진 매질을 견디며 사랑을 증명했고, 신분의 차이를 극복하여 사랑을 이룬 조선 시대 최고의 연인들 나이가 말이지요.

『운영전』의 주인공 운영(雲英)이 김 진사를 보고 첫눈에 사랑에 빠진 나이도 그들과 비슷한 열일곱 살. 조선 시대의 기준으로 보면 열일곱이라는 나이는 결혼 적령기에 속했으므로 사랑 이야기를 펼친다 하여 이상하게 여겨질 나이는 아니었습니다. 하지만 처음으로 사랑에 빠지고 그 사랑에 온 인생을 걸었다가 결국 죽음을 맞이하기에는 열일곱은 너무나 안타까운 나이이기도 합니다. 한창 학교에 다니고 있는 여러분 또래가 그런 일들을 겪는다는 걸 한번 상상해 보세요.

첫사랑. 생각만으로도 설레는 그 이름. 그 전의 삶과 이후의 삶을 완전히 바꾸어 놓는, 아이에서 어른으로 건너가는 하나의 길목. 아직은 모든 면에서 미숙하기에 결국 아픈 추억으로 남고 마는 아련한 이름. 우리 모두의 가슴속에 하나씩 빛나고 있는 첫사랑의 이야기는 그래서 모든 사랑 이야기 가운데서도 특별히 소중하고 사랑받는 것인지도 모르겠습니다.

『운영전』의 주인공 운영의 한자 이름을 풀이해 보면 '구름의 꽃봉오리'라는 뜻이 됩니다. 꿈속에서 일어난 사건을 내용으로 하는 몽유록(夢遊錄) 소설의 주인공이므로 가상의 인물이라고 봐야 하겠지만, 운영이라는 인물이 실제로 존재했는지도 모릅니다. 아무튼 운영이라는 주인공은 그 이름 자체로 벌써 '꽃구름 사랑'의 사연과 운명을 타고났다고 볼 수 있습니다. 과연 운영은 신분과 지위가 엄청나게 다른 안평대군의 사랑을 받게 됩니다. 그러므로 '구름 위의 사랑'을 하게 되는 것이라 볼 수 있습니다. 상상의 세계에서는 그런 사랑이 가능할지 모르지만, 현실의 세계에서는 구름 위에 둥둥 떠 있는 그러한 사랑이 가능하지 않습니다. 안평대군이야 구름 위의 존재일 수도 있겠으나 운영은 자기 이름과는 달리 대지의 사랑, 초원의 사랑을 갈구하게 됩니다. 수성궁의 담장이 아무리 높아도, 그 담장 안의 화초가 되기보다는 온갖 역경을 딛고 올라 담장 밖으로 뛰쳐나가려 하는 것이지요. 김 진사라는 청년과의 만남이 그러하였습니다.

운영과 김 진사의 이야기에는 첫사랑이 가지고 있는 설렘과 풋풋함과 아름다움이 모두 담겨 있습니다. 게다가 이루어지지 못한 사랑의 슬픔 또한 녹아들어 있습니다. 이루지 못한 사랑이기에 그 사랑은 식지도, 변하지도 않는 가장 애틋한 상태로 영원히 머물러 있지요. 그리하여 시간과 공간을 초월해 유영이라는 선비의 꿈속에서 되살아났고, 그 꿈 이야기는 소설이 되어 다시 시공을 뛰어넘어 오늘날에 이르고 있습니다.


## 담장이 높다 한들 어찌 넘지 아니하리오

『운영전』의 사랑은 행복하게 끝나지 않습니다. 어쩌면 처음부터 잘될 수 없었는지도 모르지요. 왕족의 궁녀와 힘없는 젊은 선비의 사랑이었으니까요. 운영과 김 진사는 사랑을 이루기 위해 노력했지만 현실의 벽에 부딧혀 뜻을 이루지 못하고 각자 죽음의 길을 택합니다. 안평대군과 세상 사람들의 눈을 피해 비밀스러운 사랑을 키워 오던 두 젊은이는 수성궁에서 도망쳐 둘만의 삶을 꾸려 가려고 했으나, 계획이 탄로 나서 안평대군의 노여움을 사게 되자 운영이 먼저 자결하고 김 진사가 그 뒤를 따랐던 것이지요. 당시의 현실은 이렇듯 두 연인의 사랑을 결코 허락하지 않았습니다.

옛날부터 지금까지 사람들에게 변함없는 인기를 누리는 사랑 이야기는 대개 남녀 주인공의 행복한 결혼으로 끝나는 경우가 많습니다. 특히 '혼사 장애담' 유형은 남녀가 고난을 극복하고 마침내 사랑을 이루는 이야기인데, 고전 소설은 물론 현대의 소설, 드라마, 영화에서 늘 만나는 주제이지요. 남자 주인공과 여자 주인공이 만나서 사랑에 빠지지만, 두 사람의 만남과 결합을 가로막는 장애물 등장. 하지만 그런 장애 때문에 두 사람은 자신들의 사랑을 더욱 소중하게 느끼게 되고, 결국은 행복한 결말.

그러니 사랑을 이루는 데 장애가 있다고 해서 나쁜 것만은 아닐 테지요. 장애는 사랑을 더욱 견고하고 열렬하게 만들기도 하기 때문입니다. 『운영전』의 사랑 이야기는 행복하게 끝나지는 못했지만, 『로미오와 줄리엣』처럼 두 남녀가 끝내 극복하지 못한 장애로 인하여 그 사랑은 더욱 애절하고 순수한 것이 되었습니다.

김 진사는 수성궁의 높은 담을 넘어서 운영과의 밀회를 즐깁니다. 두 사람 사이를 가로막고 있는 높은 담장은 그들의 사랑을 허락하지 않는 사회의 질서와 규범을 상징합니다. 하지만 그러한 장벽이 있기에 서로에 대한 사랑은 더욱 간절한 것이 되고, 서로 사랑해서는 안 된다는 금기는 그것을 깨트리고자 하는 욕망을 더욱 부추깁니다. 수성궁의 높은 담은 김 진사가 뛰어넘은 뒤부터 더 이상 운영과 김 진사의 만남을 가로막는 장애물이 아니라 두 사람의 비밀스러운 사랑을 외부 세계로부터 지켜 주는 보호막이 됩니다. 그 안에서 두 사람은 다른 궁녀들의 도움으로 세상 사람들은 물론 안평대군에게도 들키지 않고 사랑을 키워 갈 수 있었으니까요.

하지만 한번 금기를 깨트리고 자라난 욕망은 더 큰 욕망을 불러일으키게 되는 법. 두 연인은 한 번 무사히 담을 넘은 것에 만족하지 않고 또다시 담을 넘으려고 합니다. 남의 눈을 피해 몰래 만나는 비밀의 연인이 아니라 수성궁을 벗어나서 떳떳하고 온전한 부부가 되기를 소망했던 것입니다. 결국 이것이 화를 불러오지요. 수성궁의 담을 넘어 소문이 새어 나가자 두 사람의 사랑은 결국 산산이 깨져 버리고 맙니다. 이 슬픈 연인들이 맞이하게 되는 비극은 표면적으로는 재물에 욕심난 하인의 간사한 계략 때문이었지만, 실은 사회가 이들의 사랑을 결코 허용하지 않았기 때문이었습니다. 험한 세상의 굴레에 맞서기에는 운영과 김 진사는 너무나 연약한 존재들이었습니다.


## 사랑의 공간 수성궁, 그 완전하면서도 불완전한 공간

안평대군의 궁녀들은 처음부터 수성궁 밖으로 나갈 수 없었을 뿐 아니라 그 존재마저 알려져서는 안 되었습니다. 철저히 수성궁 안에서만 지내도록 허락되었던 것이지요. 운영과 김 진사의 사랑이 수성궁 안에서만 비밀리에 허락된 것, 그리고 거기 갇혀 살아야만 하는 궁녀들의 처지는 그런 점에서 서로 닮았습니다. 그렇다면 수성궁은 어떤 공간이었을까요?

안평대군의 집인 수성궁은 아름다운 궁궐일 뿐 아니라, 미모와 재주를 겸비한 열 명의 궁녀들이 살고 있는 곳이기도 합니다. 안평대군은 그런 수성궁에서 장안에 소문난 선비들과 예술인들을 모아 교류하였지요. 한 마디로 수성궁은 학문과 예술과 아름다움이 완벽하게 갖추어진 이상향이었던 것입니다. 안평대군이 지녔던 미적인 이상과 질서가 고스란히 구현된 그 공간은 불완전하고 타락한 현실로부터 완전히 단절되어 있습니다. 그래야만 이상이 현실로부터 더럽혀지지 않은 채로 유지될 수 있을 테니까요. 그래서 안평대군은 자신이 기른 특별한 궁녀들의 존재가 외부에 알려지는 것을 극도로 경계하였던 것이지요.

수성궁은 안평대군의 이상이 실현된 사적인 공간이지만, 결국 형인 수양대군에게 죽임을 당하고 정치적으로 패배하고 말았던 안평대군처럼 나중에는 폐허가 되어 버린 비운의 공간이기도 합니다. 안평대군에게는 수성궁이 현실에서는 온전하게 실현할 수 없는 자신의 이상을 실현시킨 공간이었지만, 그 이상을 나라 전체로 확대해 실현시킬 수는 없었던 것이지요.

그런 면에서 보면 안평대군은 자신의 이상을 지키기 위해 담장을 높이 세웠지만, 결국은 그 담장 안에 스스로를 가둔 셈이기도 합니다. 사실 남녀가 서로를 그리워하는 것은 아무리 높은 담장으로도 가로막을 수 없는 자연의 순리 아닐까요? 그런데 조선 사회의 유교 질서는 그 순리를 막으려 했기 때문에 비극이 초래될 수밖에 없었던 것이지요. 그 비극이 담장을 세운 장본인 안평대군에게도 족쇄가 되기는 마찬가지였습니다. 안평대군은 열 명의 궁녀들 가운데서도 운영을 특별히 사랑했습니다. 그러나 운영을 자신의 사람으로 만들지도 못했고, 그렇다고 운영이 김 진사를 사랑하도록 놓아주지도 못했으니 안평대군 스스로도 사랑의 패배자가 되고 만 것입니다.

　이처럼 모순적인 공간이 『운영전』의 중심 배경인 수성궁입니다. 수성궁은 열 명의 궁녀들에게 안락한 삶을 제공하고, 조선 시대의 여성으로서는 누리기 힘든 자아실현의 기회를 제공했습니다. 물론 그 대가로 자유를 앗아 갔지요. 마찬가지로 운영과 김 진사에게는 수성궁이 밀회의 공간이었지만, 그 이상의 사랑은 허락하지 않는 공간이기도 했어요. 따라서 수성궁은 외부와 단절되어 있기 때문에 완전할 수 있었지만, 실은 외부와 단절되어 있기 때문에 불완전할 수밖에 없는 모순의 공간이라 할 수 있습니다. 『운영전』의 사랑이 순수하고 아름다웠지만 결코 이루어질 수 없었던 것은 이처럼 수성궁이라는 공간이 지니고 있었던 속성과도 밀접한 관련이 있습니다.


## 사랑의 조연들, 그러나 누구도 대신해 줄 수 없는 사랑

사랑 이야기는 남녀 주인공 둘이서만 만들어 나가는 것이 아닙니다. 『운영전』엔 특히 흥미로운 조연들이 여럿 등장합니다. 사랑의 방해자인 동시에 사랑의 패배자가 된 안평대군도 중요한 조연 가운데 하나이지요. 『운영전』의 작가는 열 명의 궁녀를 등장시키고 그들의 성격이 반영된 한시(漢詩)를 반복적으로 소개합니다. 궁녀들이 지은 한시들은 운영을 제외한 나머지 궁녀들을 들러리가 아닌 각자의 생각과 성품을 지닌 개성적인 존재로 그려 냅니다. 그리하여 서로 다른 의견을 내세우는 궁녀의 논쟁은 운영의 고민을 겉으로 드러내는 데 이바지하기도 합니다.

　여러 명의 조연들 가운데서도 김 진사의 하인 특과 운영의 절친한 동료인 자란은 특히 더 주목할 만합니다. 특은 운영과 김 진사를 죽음으로 내모는 적대자로, 자란은 운영과 김 진사가 사랑을 이룰 수 있도록 발벗고 나선 조력자로 소설의 전개에 큰 역할을 합니다. 적대자와 조력자로 역할이 갈리기는 하지만, 두 사람이 없었다면 운영과 김 진사는 서로 만나는 것조차 힘들었을 것이기 때문에 없어서는 안 될 중요한 인물들이지요.

지혜롭고 다정하며 늘 자신의 편에서 생각해 주는 자란에게 운영은 처음부터 끝까지 의지합니다. 같은 처지에 놓여 있는 자란은 운영의 사랑을 이루는 것이 마치 자신의 행복을 이루는 것이기라도 한 양 적극적으로 운영을 도와줍니다. 하지만 마지막 순간, 운영이 궁 밖으로 달아날 마음을 먹었을 때만큼은 그녀를 나무랍니다. 사리 판단이 정확하고 신중한 성격이었던 자란은 야반도주하겠다는 두 연인의 계획이 얼마나 무모한 것인지를 꿰뚫어 보았던 것이지요. 이처럼 자란은 사랑에 눈멀었을 뿐 아무것도 할 줄 몰랐던 운영을 보완해 주는 역할을 합니다.

사랑에 눈멀었을 뿐, 아무것도 할 줄 몰랐던 것은 김 진사도 마찬가지였습니다. 그래서 김 진사는 특에게 의지하지요. 그러나 지나치게 의존한 나머지 그의 흉악한 계략에 빠진 희생양이 되고 맙니다. 특이 운영의 재물을 다 빼돌렸다는 사실을 알아차리고 나서도 그를 벌하기는커녕 어쩔 줄 모르고 있다가 심지어는 운영을 위해 불공을 드리는 일까지도 다시 맡기는 지경에 이릅니다. 특이 김 진사가 내준 공양미마저 가로챌 것은 불 보듯 뻔한 일이었는데 말입니다. 글공부만 했지 사람이 사는 일에는 까막눈에 불과한 샌님의 모습이 여실히 드러나는 대목입니다. 나약한 김 진사와 제 주인을 농락하는 하인 특의 관계는 조선 후기 성장하는 천민 계층과 상대적으로 몰락하는 일부 양반 계층의 역전된 역학 관계를 단적으로 보여 주고 있습니다.

운영과 김 진사는 둘 다 세상 물정에 어두운 순진한 청춘들이었기에 서로 사랑했으나 스스로의 힘으로 그 사랑을 지켜 낼 능력이 없었습니다. 사랑은 누가 대신해 줄 수 있는 것이 아닌데도 두 사람은 조력자들의 도움 없이는 사랑을 키워 나가지 못했습니다. 그것은 실패로 끝나고 마는 이 세상의 모든 풋사랑이 가지고 있는 공통점인지도 모르겠습니다. 그래서 우리는 두 남녀 주인공의 무능력을 비난하기보다는 안타까워하는 게 아닐까요?


## 꿈에서 깨어난 뒤, 그 사람은 어디로 갔을까?


운영과 김 진사의 영혼은 죽어서도 수성궁을 떠나지 않습니다. 자신들의 사랑이 안전하게 지속될 수 있는 유일한 공간이 수성궁이었다는 사실을 깨달았기 때문이었겠지요. 그리하여 두 연인의 이야기는 유영이라는 선비에게 전해지고 그를 통하여 세상에 알려집니다. 수성궁에 놀러 간 선비가 정원 깊숙한 곳에서 깜빡 잠이 들었다가 꿈에서 어떤 사람들을 만나 그들의 이야기를 듣고 깨어나는 것이 『운영전』의 구조입니다. 이야기 속에 이야기가 들어 있다고 하여 '액자 구조'라고 하기도 하고, 꿈속의 이야기가 소설에 등장한다고 하여 '환몽(幻夢) 구조'라고 하기도 합니다.

그렇다면 이제 운영과 김 진사를 꿈속에서 만나고 돌아온 선비에 대해 생각해 볼까요? 유영은 가난하고 인정받지 못한 선비로서 당대의 이름난 유흥의 공간인 수성궁을 동경합니다. 그 무렵 수성궁은 안평대군이 살아 있을 당시에 지녔던 의미와는 다르게 경치와 풍류를 즐기는 사회적

교류의 장이 되어 있었습니다. 유영은 그런 사교의 장에 잘 끼지 못합니다. 다른 사람들이 자신의 초라한 행색을 비웃을 때, 그는 예의를 갖춰 자신을 대하는 운영과 김 진사의 영혼을 만나게 되는 것이지요.

유영은 두 연인의 이야기를 전해 들으면서 자신이 경험하지 못한 수성궁의 미적 이상을 간접적으로 경험하게 됩니다. 조선 후기의 선비들은 안평대군의 시대를 학문과 예술이 꽃피었던 시절로 인식했습니다. 특히 유영처럼 사회적으로 인정받지 못한 선비들은 자신이 그 시절에 태어났더라면 학문적 소양이나 예술적 재능을 안평대군에게 인정받았을지도 모른다고 생각했을 것입니다. 유영이 찾아간 곳이 왜 하필 수성궁이며, 꿈속에서 만난 이들이 왜 하필 안평대군과 관련된 사람들인지는 그런 점에서 답을 찾을 수 있습니다.

하지만 그것은 어디까지나 꿈속의 일일 뿐, 꿈에서 깬 유영의 처지는 전혀 달라지지 않습니다. 게다가 유영은 그토록 동경하던 안평대군의 시절도 완벽하지만은 않았다는 것을 알게 되었습니다. 김 진사는 안평대군에게 글재주를 인정받고 이름을 날렸지만, 결국 가장 원하던 행복의 주인공은 되지 못했으니까요. 상심한 유영은 종적을 감추고 맙니다.

『운영전』은 한문 소설이지만 누가 썼는지 알 수 없고, 이야기가 만들어진 시기를 어느 정도 추측할 수 있을 뿐입니다. 작품 속에 '만력신축(萬曆辛丑)'이라는 연호와 '전쟁이 막 끝난 뒤'라는 표현이 있는 것으로 보아 임진왜란(1592~1598년) 직후의 신축년인 1601년이나 그 이후에 창작된 것으로 보입니다. 그리고 이 작품을 1626년에 베껴 적었다는 기록이 남아 있으니, 1601년에서 1626년 사이에 창작된 작품일 것입니다. 즉, 채 가시지 않은 전쟁의 공포와 피폐해진 사회에 대한 불안감을 안고 살아가던 어느 선비가 전쟁이 휩쓸기 전의 조선을 배경으로 낭만적인 사랑 이야기를 썼던 것입니다. 사람은 자신이 처한 현실이 힘겨울수록 그에 반대되는 환상을 추구하기 마련이지요.

그런데 이토록 아름다운 이야기를 만들어 내었을 뿐만 아니라 작품에 나오는 한시들로 볼 때 분명히 한문 실력 또한 뛰어났을 『운영전』의 작가는 왜 자신의 이름을 밝히지 않은 것일까요? 아마도 그는 자신이 이 이야기를 썼다는 사실을 사람들에게 알리고 싶지 않았던 것 같습니다. 한문을 공부한 선비가 속된 소설을 쓴다는 것을 자랑스럽게 여기지 않았기 때문일 수도 있고, 사회를 비판한 내용이 자신에게 불리하게 작용할 것이라고 생각했기 때문일 수도 있습니다.

이 소설은 유교적 도덕관념과 중세의 사회 질서가 인간의 본성을 억압함으로써 초래하는 비극을 보여 줍니다. 동시에 현실에서 무력감을 느낀 조선 후기 선비들의 고뇌를 내비치기도 합니다. 가장 아름다운 공간에서 펼쳐지는 애틋한 사랑 이야기 속에 삶의 무게와 사회의 굴레에 대한 작가의 메시지가 담겨 있는 것입니다. 그런 점에서 유영은 작가의 분신과도 같습니다.

『운영전』의 작가는 한 편의 소설을 남긴 채 유영처럼 자취를 감춰 버렸습니다. 하지만 그 이름 대신 아름답고 애절한 사랑 이야기를 세상에 남겨 수백 년을 살아가고 있습니다.

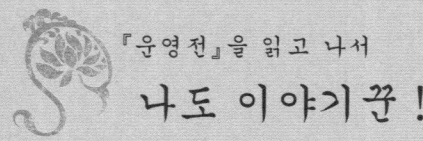

『운영전』을 읽고 나서
# 나도 이야기꾼!

❶ 여러분이 수성궁 터를 거닐다가 우연히 운영과 김 진사를 만나게 된다면, 어떤 이야기를 나누고 싶은지 가상 인터뷰를 꾸며 봅시다.

| 질문 | 운영의 답변 | 김 진사의 답변 |
|---|---|---|
|  |  |  |
|  |  |  |
|  |  |  |

❷ 『운영전』에서 가장 마음에 들거나 인상적인 등장인물은 누구였나요? 이들에게 꼭 전하고 싶은 말을 문자 메시지로 보내 봅시다.

❸『운영전』에 나오는 궁녀들은 궁 밖으로 한 발짝도 나갈 수 없습니다. 여러분이 그 궁녀 가운데 한 명이라 가정하고, 일 년에 오직 하루 밖에 나갈 수 있었던 '비단옷 빨래 가는 날'의 일기를 써 봅시다.

1447년 팔월 스무 하루

 

 

 

 

❹『운영전』을 손에 들고 아래 여정을 따라 문학 기행을 떠나 봅시다. 그리고 특별히 마음에 드는 곳이 있다면 '인증샷'을 찍고 간단한 소감도 남겨 봅시다.

① 창의문(자하문) → ② 부암동 길(창의문로) → ③ 부암동 백사실 계곡 백석동천 →

④ 삼각산 현통사 → ⑤ 현진건 집터 → ⑥ 안평대군 별장 무계정사 터 →

⑦ 반계 윤웅렬 별장

안평대군의 별장 무계정사터에 후대 사람이 '무계동(武溪洞)' 이라 새긴 바위가 남아 있다.

 '이야기 속 이야기의 내용을 더 알고 싶다면?

『우리나라 여성들은 어떻게 살았을까』, 이배용, 청년사, 1999
『조선 시대 사람들은 어떻게 살았을까』, 한국역사연구회, 청년사, 2005
『조선 시대 서울 사람들』, 서울문화사학회, 어진이, 2003
『조선의 성풍속』, 정성희, 가람기획, 1998